花源馆佳偶游戏

THE GAME OF HUAYUAN ABBEY'S COUPLE

松小果 著

天津出版传媒集团
天津人民出版社

图书在版编目（CIP）数据

花源馆佳偶游戏 / 松小果著. -- 天津：天津人民出版社, 2017.6
ISBN 978-7-201-11705-8

Ⅰ. ①花… Ⅱ. ①松… Ⅲ. ①中篇小说－中国－当代 Ⅳ. ①I247.5

中国版本图书馆CIP数据核字(2017)第097470号

花源馆佳偶游戏

HUAYUANGUAN JIAOU YOUXI

出　　版　天津人民出版社
出 版 人　黄　沛
地　　址　天津市和平区西康路35号康岳大厦
邮政编码　300051
邮购电话　（022）23332469
网　　址　http：//www.tjrmcbs.com
电子信箱　tjrmcbs@126.com

责任编辑　玮丽斯
特约编辑　袁　卫
装帧设计　杨思慧
责任校对　落　语

制版印刷　湖南省众鑫印务有限公司
经　　销　新华书店
开　　本　660×960毫米　1/16
印　　张　16
字　　数　181千字
版权印次　2017年6月第1版　2017年6月第1次印刷
定　　价　25.80元

CONTENTS

目录

CONTENTS

目录

第一章

慌　乱　的　邂　逅

1

盛夏的清晨，一丝丝清凉的晨风吹散了天边镶着金丝的云彩，也吹散了空气中让人心烦的燥热。路边排列整齐、欲绽非绽的蔷薇仿佛也嗅到了来自晨时的清爽，浓郁的花香伴随着微风弥漫在整条宽阔的街道上。

这条街的尽头，屹立着一座已经有二十多年历史的道馆，传统的灰瓦白墙建筑上挂着“花源馆”的牌匾，尽管有些破旧，却被擦拭得干干净净隐在茂密翠绿的榕树后。虽然看不太清，过路的人们却经常可以听到里面传出孩子们清脆的呼喊声。

叶晓绫换好了雪白的道服，扭了扭腰间的黑带，对着镜子的里的自己露出一个充满了自信的微笑。

瀑布般柔顺黑亮的长发束成了高高的整齐马尾，露出光洁饱满的额头，洋娃娃似的精致脸庞看上去格外让人怜惜，特别是饱满小巧的唇，像是两颗水灵灵的樱桃。

只是……

这个“洋娃娃”眉眼间竟全是应该属于男孩子的飒爽英气，就连微笑时的弧度也是少年模样的英朗。

面对镜子的叶晓绫却毫不在乎，她好像已经习惯了一样又整理了一下道服

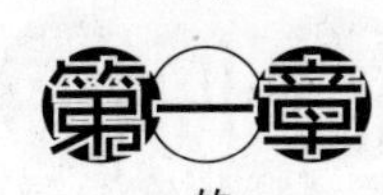

的领口，随后挺胸抬头地推开更衣室的房门，早已站在道馆等待的孩子们都带着热切的目光，齐刷刷地望了过来。

看着已经排好队换好道服的孩子们，叶晓绫心中一动。

果然……这些努力听话的孩子最让人喜欢啊！

简单的问好后，叶晓绫准备开始她最具特色的“魔鬼训练”，偏偏门边响起一个有力的声音：“咦？今天训练的时间怎么会这么早？”

孩子们先是一愣，随后看到了正靠在道馆门前，满脸暖融融笑容的大师兄凌争，个个尖叫着扑了过去。

“大师兄！我们想你！”一个扎着双马尾的小女孩握住凌争的手摇来摇去，还不忘悄悄地挤了挤眼睛“叶教练实在是太凶啦！简直和男孩子一样！”

扑哧！

听到这样的话，凌争一个没忍住，大笑出声。

喂，你们也太不给面子了。叶晓绫的脸色瞬间就有些难看，虽然是事实，可是也不要当着她的面说出来呀。

“晓绫，他们还只是孩子。”凌争无奈地笑了笑，“没有必要这样严厉吧？”

“跆拳道本来就是一项不容许一丝怠慢的运动。”叶晓绫一板一眼地回答。

听到这样的回答，凌争只能无奈地拍了拍她的肩膀：“可是今天是暑假的第一天啊！剩下的事情交给我，你去和吕颜买点好看的衣服……”

听到“吕颜”、“买衣服”几个字，叶晓绫像被火烫了一样跳开几步：“不去！”

吕颜这个购物狂魔，逮到她后不一定怎么折磨呢！还是待在道馆看着孩子们练习最好了！

“你竟然……敢说不去？”一个有些阴冷的声音从身后响起。

叶晓绫被这个声音吓得一哆嗦，颤抖着转过身去，果然看到满脸黑线的吕颜从正恶狠狠地盯着她看，她几乎是下意识地挤出一个勉强的笑来，讪讪地指着身后的孩子：“课程还没有结束啊……”

“道馆交给我。”凌争笑眯眯地打断叶晓绫的话，很快加入了“叛徒”的队伍，“吕颜，拜托你给我们晓绫选几件漂亮的衣服，她几乎都不去逛街的……”

“交给我！”不顾叶晓绫的反对，吕颜立刻敬礼，“保证完成任务！”

有着共同想法的吕颜和凌争一拍即合，完全忽略了叶晓绫的抗议与挣扎，二话不说将她一路拖出了道馆，偏偏凌争还满脸欣慰地站在门前挥手告别。

大师兄，你怎么能这样？想起之前跟吕颜逛街整整“扫荡”了八小时的事情，叶晓绫只觉得逛一场街简直比三天的训练还要累。

可是看着前面吕颜兴冲冲的背影，她只能无奈地叹了口气。

阳光带着夏天特有的滚烫温度沙子似的洒在脸颊上，又痒又暖，知了在耳边聒噪的叫个不停。

叶晓绫无语问苍天：这个暑假一定会过得很刺激吧？

在吕颜的带领下，叶晓绫去了市中心一家叫“千城”的商场，望着来来往往，川流不息的人群，叶晓绫在心中暗暗感叹：果然是知名奢侈品牌的聚集地，购物者的天堂。

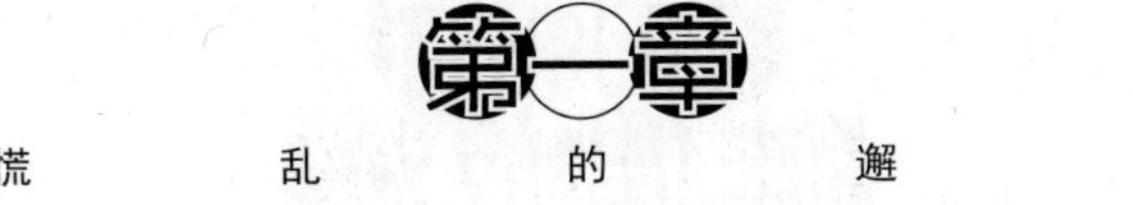

第一章 慌乱的邂逅

她有些羡慕地打量着商场被擦得发亮的玻璃：他们家“花源馆”什么时候也能变成这个样子？

吕颜瞟了一眼还在发呆的叶晓绫，以为她还沉浸在跆拳道的世界里不可自拔，干脆抬手戳着她的脑袋教训：“逛街都提不起精神，信不信我找凌争来！”

叶晓绫连忙举手呈投降状：“我是真的有事啊！对了……今天和阿耐约好有游戏视频要做……”

“没出息！除了跆拳道和游戏，你还知道什么啊？”吕颜嫌弃地扯着叶晓绫身上的宽松T恤，“喂，你还能叫少女吗？现实生活中像个男生也就罢了，游戏里那么有名也被粉丝误认为男生，叶晓绫啊叶晓绫……”她大声感叹，“你活得难道不失败吗？”

叶晓绫被吕颜教训得灰头土脸，她一边哼哼哈哈的答应着，一边将吕颜拖进商场里面：“我们去选衣服好了吧？”

吕颜看着叶晓绫讨好的面孔，嘟囔了一句“这还差不多”，就挽着她的胳膊准备逛街，结果走到中心圆盘的位置，两个人都被眼前发生的一切惊呆了。

本该宽敞明亮的大厅此刻挤满了年轻的男男女女，水晶灯的最下方是一张不知什么时候搭建好的临时舞台，几名身材修长挺拔、仪态从容的少年站在舞台的最中央，被记者团团围住。

台子的后方是一张巨大的LED屏幕，上面播放着的是最近已经红透了半边天的网络游戏宣传片——《血战》。

“袁野，我们爱你啊！袁野！看这里！”守在台下的无数少女挥舞着手中的牌子高声尖叫着。

“袁野！袁野！”

“古南好帅！我们最亲爱的古南——”另一队少女也不甘示弱。

站在不远处的吕颜夸张地掩住嘴巴：“袁野来了？他可是千城集团的大少爷啊！最近不是也在电竞界混得风生水起吗？他那个战队叫、叫……”

“Nirvana……”叶晓绫很快接口，同样目不转睛地盯着中央的舞台，“中文名叫涅槃。”

身为今年最强势的一支电竞团队，虽然和叶晓绫操作的是同一款《血战》游戏，可袁野所带领的“涅槃”团队，可以说是占据了电竞行业的半片江山。

保持着低调原则，从不在游戏视频中露面，连声音都是经过处理的叶晓绫虽然也凭着一流的操作被广大粉丝奉为顶尖的电竞大神，可毕竟袁野的团队中并不缺少精英，而且成员还经常闪闪发亮地出现在公众场合做慈善和捐款，尤其是袁野，更是他们整支队伍的技术和“颜值”代表。

如此说来，拼人气的话，叶晓绫肯定输得很惨，毕竟出了电竞圈子就很少有人认识她了，而袁野……看看还围在台下的迷妹们，就知道袁野的人气有多高了。

“啧……”吕颜摇着头感叹，“瞧瞧人家这人气，再看看你！嗯？乱码大神！叶晓绫，你可是无数玩家心中的乱码大神啊！难道不会觉得不甘心吗？”

对于这个问题，叶晓绫倒是很坦然，她微微一笑：“不会啊，我打游戏只是觉得开心。”

毕竟跆拳道才是她的生命啊！

游戏嘛……

她挑了挑眉头。

算是生活中一味不可缺少的调味剂吧！

再说打游戏还能制作游戏视频，这份收入还能用来补贴道馆。

吕颜恨铁不成钢地指着舞台的中央：“看！那个是袁野吧？哇……他身上的那个西装……我几天前还在杂志上看过，你猜什么价？”

叶晓绫饶有兴趣的应和：“什么？”

吕颜郑重地伸出几根手指，在叶晓绫的耳边说了一个数目。

叶晓绫呆住了。

她浑身僵硬地抬起头来，看着站在舞台中央，正面带微笑，身体微倾，和记者交谈的袁野——

挺拔有力的身材，在一众同样出色的帅哥中叶毫不逊色；五官的形状完美得让人挑不出一丝一毫的缺点，却有着浑然天成的俊美，特别是侧脸的轮廓，带着棱角分明的锋利与贵气。

就算隔着很远的距离也能看清袁野那双极其明亮、充满了狮子般傲然的眼睛，唇角的笑容却比春风还要和煦温暖。

至于他穿在身上的、吕颜口中的天价西装。

叶晓绫又盯了一会儿袁野的身材……

好像真的很合适！

不过如果那笔钱能用来支援花源馆的话……

就在她陷入胡思乱想的时候，已经等候多时的记者已经举起手中的麦克风开始了采访：

“袁野先生，这次以你们公司和团队举行的慈善活动受到了不少媒体和各行各业的关注，却也有人怀疑这是为了你们公司团队打响名声的手段，对此你怎么看？”一位记者拿着话筒，咄咄逼人地问道。

站在袁野身边的一位黄发少年不屑地嗤笑一声。

袁野淡淡地瞟他一眼，继续保持优雅的微笑，吐字清晰的回答：“我很理解这种看法和质疑，不过多余的解释是没有任何用处的，只有更多的行动和出色的成绩才能说明一切，慈善方面也欢迎大家来监督。”

话音刚落，一个充满恶意的声音突然从人群中传来：“这种官方回答真是没有诚意。”

沉浸在袁野话语中的粉丝、记者们也无不诧异地朝着声音发出的地方望去。

叶晓绫眉头一皱，目光同样落在人群左边几位面色嘲讽的少年身上。

袁野递过话筒的手指一僵，表情却没有太大的变化，甚至带着冰冷的漠然。

那种表情和神态，完全是习以为常的模样。

“喂，我说富二代——”得寸进尺的少年拉长了声音，身边的几位也大声附和着，“花自己老爹的钱非常舒服吧？说什么自己的公司和团队？没有你那位有钱的老爹，你会有今天的成就？”

人潮汹涌的大厅瞬间变得寂静无比，下面高举着条幅和牌子的女粉丝个个咬牙切齿，似乎下一秒就要爆发了。

袁野的脸色一点一点变得苍白起来，叶晓绫清楚地看到袁野垂在身侧的手在轻轻颤抖着，虽然脸上挂着云淡风轻的微笑，可不知为什么，她竟然从他的笑容里看到了深深的疲惫和心酸。

这些少年……应该是在嫉妒吧？

可嫉妒这种情绪，偏偏要表达如此丑恶，丑恶得淋漓尽致吗？

在这种难言的沉默中，袁野轻轻闭上眼睛，随后抬手示意记者进行下一个话题，不要在意这段插曲的时候，他身边的黄发少年突然一声轻笑，挑衅地说道：“这位……愤青，你刚刚的话我可以这样理解——你是在埋怨自己的父亲没有给你锦衣玉食的生活吗？换句话说……”他的眼珠不怀好意地转了几下，“因为没有从小就衣食无缺的生活，所以你才变成了这个可悲的样子，对吗？”

“你……你说什么？”少年的眼睛立刻瞪得鼓了出来，说话都开始结巴，“你不也是一个靠老爹发家的富二代吗？”

黄发少年悠悠地勾起嘴角，一副无所谓的模样：“至少我有工作啊，你呢？”

在如此紧张的气氛中，叶晓绫先是看到站在一旁的袁野微微垂下头去，隐在额发下的双眼竟然闪过了一丝极淡的笑意！而且那笑中……还带着丁点恶作剧的味道？

叶晓绫茫然地眨了眨眼：难道是她眼花了吗？

于是她踮起脚尖，想要将袁野的表情看得更清楚一些，却发现他不知什么时候已经收回了眼中的笑意，随即板起脸来想要制止黄发少年的言行，与此同时，台下的那位少年也怒不可遏地跳了起来，怒吼道：“我和你们不一样——”

“喂，晓绫，要吵起来了，我们先走吧？”吕颜小心地打量着叶晓凌的神色，暗暗挽住她的胳膊。

希望这个总是喜欢“多管闲事”的姑娘不要再做出什么出格的事情，毕竟凌争可是把她交到了自己手上……

轻轻拽了拽叶晓绫的衣角，一下、两下……

对方没有任何反应。

她胆战心惊地抬起头，发现叶晓绫明亮的双眼正在紧紧地盯着一位年龄和她们差不多大的少女——准确来说是一位举着“古南我们爱你”的条幅正满面怒火朝着少年杀去的女生，而那位少年也反应奇快，竟直接挥舞着拳头也走了过来！

搞什么！这是要打起来了吗？

吕颜下意识地往旁边看去，果然已经没有了叶晓绫的声音——

她已经挤开人群飞快地闪了过去，坚定地站在少女的身前，轻松地支起一只手来，将挥舞着拳头的少年推开了老远！

叶晓绫冷冷地看着面前有些踉跄的少年，洋娃娃般精致的面孔却好像结了一层寒冰，“和女孩子动手是不对的。”

她清冷有力的声音落在每一个人的耳中，如落水的石子一样，激起了大片大片的涟漪！

哗啦！

所有人都惊呆了！

袁野匆匆赶来的脚步也变得迟疑起来，他微微偏过头去，仔细地打量着这个半路杀出，却分明是来者不善的少女——

修长轻盈的身姿，浑身上下都散发着一股有如夏日微风的清爽气息，白色的简单T恤虽然有些空荡荡的，却整洁得找不到一点褶皱，黑色的长裤衬得双腿更加笔直挺拔。

慌乱的邂逅

长发高高地束成马尾，随着她的动作轻轻摇晃，在阳光下甩出一道道绚丽的弧度，几丝碎发擦过洁白盈润的脸颊、樱花般的唇，还有那比山间泉水还要清澈的双眼……

哐——

心脏好像被一只拳头狠狠垂敲击！

为什么他会从她的身上感受到和普通少女大不相同的气息呢？

同样被叶晓凌举动惊呆了的少年也终于回过神来，看着还在看热闹的人群觉得有些丢脸，干脆粗暴地挽起了袖子，恼羞成怒地说："看来今天必须给你们一点教训了！"

黄发少年推了袁野一把，飞快地说道："我去找保安！你先去保护他们！别被记者抓住把柄！"

袁野蹙起眉头，有些疲惫地叹了口气，也径直朝着事发中心走去，看来今天的事情又该不可避免地登上微博热搜的头条了……

可是——

成为愤青目标的叶晓绫倒是淡定得很，她很自然地无视了吕颜的劝阻，又将身后仍然举着横幅愤愤不平的少女朝着安全的地方推了推，然后才无所谓地说道："我还是要劝你们，不要和女孩子发生冲突。"

"哈！劝我们？"少年夸张地扬起下巴，"是我们给你一个教训吧！"

咔嚓咔嚓！

无数的快门声伴随着杂乱的闪光灯交错着响起！

袁野只觉得头痛欲裂，本来自己就有些负面评价，绝对不能让人在现场打架，要不然明天的头条只会把错都归到他身上！

可惜来不及了！

一阵凉爽的疾风掠过每个人的脸颊，发丝掩在耳边，又痒又麻。

叶晓绫熟练地后退了一步，在所有人的惊叫声中灵巧地避过了少年的拳头，随后俯身踢腿，正中他左腿的膝盖！

刚刚还围在一起的人瞬间散开，惊恐地看着面色平静的叶晓绫。叶晓绫无辜地回望回去，有些尴尬地解释：“我还没有用力啊……只希望你们不要继续闹事了……”

还没用力？

没用力就已经是这个样子，如果认真起来，他们现在已经去见上帝了吧？

带着大批保安过来的黄发少年只看见他们匆匆逃跑的背影。

“发生什么了？”黄发少年好奇地挠了挠头，“是你做的吗？”

袁野伸出的双手还僵硬地停留在半空中，听到古南的声音才难以置信地收了回来，目光还有些犹豫地在叶晓绫的身上停留了几秒，才无奈地勾起嘴角，朝着叶晓绫的方向扬了扬下巴。

果然是个，与众不同的人呢。

2

千城商场里。琉璃般的阳光透过被擦拭得一尘不染的落地窗温柔地洒在洁白的大理石地面上，舒缓的钢琴音乐静静地流淌在每个人的耳畔，气氛是这样的宁静美好。

除了……

第一章

慌乱的邂逅

吕颜万般无奈地拍了拍叶晓凌的肩膀，在她耳边细细碎碎地叮嘱："好人好事已经做完了，现在是不是应该悄悄离开深藏功与名了？"

毕竟她刚刚那一番让人瞠目结舌的打斗，已经完全算得上武打电影的水准了……

听到吕颜的话，叶晓凌才如梦初醒地回过神来，白皙的脸颊涨得通红，心脏也怦怦跳得飞快！

她绝对没有想出风头的意思啊！

只不过身体比大脑快一步做出了反应，当她回过神的时候一切就已经发生了！

果然……这个时候还是快点溜走比较好！

想到这里，叶晓绫极其少见地率先挽起了吕颜的胳膊，将脑袋垂得极低，匆匆往人少的角落走，可两个人刚刚踮起脚尖没走几步，就突然听到身后一个低沉好听的声音响起。

"请等一下好吗？"

吱嘎——

叶晓绫不由自主地来了个急刹车，害得吕颜也险些栽倒在地上！

她弱弱地转过头去，却发现不远处的袁野脸上正带着优雅的微笑，迈着笃定的步伐，一步步朝着她的方向走来。

随着二人距离的拉近，她只感到袁野的五官也愈发的清晰起来。宝石般的双眸似乎变得更加深邃，散发出浅褐色的光芒，眼角微微上挑，带着一丝让人不易捕捉，却更加无法忽略的犀利。挺拔俊美的鼻梁，仿佛古希腊神祇的完美雕像，漂亮的薄唇微扬，嘴角像是聚集着一点星空般夺目的光芒。

而且……

一向天不怕地不怕的叶晓绫忐忑地后退了几步。

他明明笑得这么温和，她为什么会从他的身上感到一种强大的压迫感呢？

难道是因为袁野出色的外表和拥有的战队几乎代表了整个电竞圈，所以在她这个“圈内人”眼中才会这么夺目？

在叶晓绫发呆的同时，旁边的吕颜下巴都要掉到了地上，，她两眼发光地看着已经站到了他们面前西装笔挺的袁野，死死克制着喉咙里的尖叫，手指却忍不住大力掐住叶晓绫的胳膊！

竟然可以和袁野如此近距离的接触，简直满足了“迷妹”的所有幻想！

“虽然很感谢你刚刚的帮助，可毕竟你是女孩子。”袁野的声音如暖风般和煦，“保护自己才是最重要的，没有受伤吧？”

仿佛还没有从袁野身上的“光芒”中回过神来，叶晓绫有些木讷地摇了摇，在袁野对视的那一刹那，眼神忽而也变得有些激动：

眼前的这个人可是货真价实的电竞大神，而且是她所“憧憬”的有钱人啊！如果她能够像袁野一样在兼顾游戏的同时也将道馆发扬光大……

想到这里，她的心脏开始扑通扑通跳得飞快，一副美好的画面在脑海中展开，整个世界都变得阳光明媚了起来……

叶晓绫恍若透明的皮肤上荡开了一抹极淡的红晕，从袁野的角度正巧可以看到蝴蝶般的睫毛轻轻颤抖着，双眸也变得愈发闪亮，这种有些异常的表现被袁野看在眼中，很快得出了一个适合的结论——

出了事故不顾自身危险出手相救，和自己聊天时神态紧张，还莫名的脸红，这位少女应该也是他们团队的粉丝吧？

第一章 慌乱的邂逅

这样暴力而疯狂的粉丝……

袁野暗暗打了个冷战，余光却飞快地瞟了一眼仍守在周围不肯散去的记者们，仍然保持着唇角得体的笑容，继续耐心而温柔地说道：“没受伤就好，再次向你表达感谢。”随后优雅地伸出手来，修长的手指停留在她的眼前，似乎有些期待地等着她的回应。

咔嚓咔嚓！

快门的声音交错着在耳边响起，几名记者和粉丝的眼光也似乎变得更加狂热起来！

再次成为人群焦点的叶晓绫呆立在原地，偷偷绞起双手来，有密密麻麻的冷汗从掌心渗出，她有些不解地瞪着眼前的袁野，原本想要坦荡潇洒离去，可是现在……

为什么大家的目光看上去都像是要将她生吞活剥了一样？

还有袁野眼中那抹看似温和却异常执着的神色，似乎还带着些许的无可奈何……

搞什么！如果只是道歉的话，没必要这样郑重其事吧？

现在想要离开这里也很困难了！

在无数双眼睛的注视下，已经完全失去思考能力的叶晓绫有些犹豫地伸出手来，只想着快点将事件解决然后带着吕颜脚底抹油离开。

可是，就在二人指尖相接的前一秒！

叶晓绫豁然瞪大双眼，直直地朝着袁野身后的方向望去！

只见一位面目狰狞的少年正从巨大的“变形金刚”模型中窜了出来，怒吼着朝着他的方向飞奔而来！

关键时刻，危机意识已经暴涨到百分百的叶晓绫再次回归女侠本色，她二话不说，一个箭步跨到了袁野的身后，一个利落的过肩摔把冲过来的人放倒了！

终于意识到状况的袁野双肩一颤，他俊美的五官逐渐变得僵硬起来，身体的关节仿佛都生锈了一样，艰难地转过身去……

刚刚……好像听到了骨头接触地面的声音？

被摔倒在地的少年还来不及站起来，就被回过神的保安带走了，原本已经逐渐平息的场面似乎又开始变得狂热起来。

叶晓绫笔直地站在那里，双眼带着清澈的笑意，看着袁野一脸惊魂未定的表情，还以为他受到了巨大的惊吓，不忘好言安慰："已经没事了。"

可是她不知道，此时明朗的笑容跟她前一刻的"英勇行动"形成了强烈的反差，让人只觉得分外违和……

这就是活生生的一个"金刚芭比"啊！

因为担心涌上来的记者毫不客气地把两人围在中间，叶晓绫更加无措，只能可怜巴巴地看着眼前的袁野。袁野忍不住发出一声极低的轻笑，将所有的慌乱和不解都抛在脑后，耐心地询问道："你帮了我这么多，要怎么感谢你才好？"

又出现了！这种撒手锏般的笑容！

叶晓绫的神经猛地一跳，同时不由在心中反复思索：大概这就是吕颜所说的，帅哥的影响力？

更何况已经被挤出去的吕颜已经完全进入了"脑残粉"模式，叶晓绫更加确定此地不宜久留，干脆咬牙仓促地说了句"不用"就想穿过人群拉着吕颜赶紧离开，却没想到袁野竟然快一步挡在了她面前，若有所思地挑了挑眉："今天是和朋友来玩的吗？商场里有什么喜欢的东西，告诉我，我买了送给你吧？"

他低沉的声音仿佛带着某种神奇的魔力，让叶晓绫顿时变得不知所措，更是不敢继续和他对视，从牙缝里艰难地挤出几个字："不用了……"

难道就不能让她安安静静的离开吗？如果继续这样下去，那些粉丝真的会将她撕成碎片啊！

旁边的吕颜用力掐了下她的胳膊，急得直瞪眼睛：怎么这么好的机会都不知道珍惜？

袁野并没有在意她硬邦邦的回答，继续耐心地询问："这是我应该做的，不要客气，还是……"他忽然想起了什么似的，双眼一亮，"你喜欢我们团队的哪位成员，我带你去合影好不好？"

毕竟……

他明亮的双眸中掠过一抹疲惫的光芒。身边还有那么多的记者，如果被捉住了"不懂知恩图报"的把柄，或许又会是一场翻天覆地的炒作。

叶晓绫再次摆手，只觉得脸上好像有两团灼热的火焰在跳舞，除了摇头外她也想不出什么漂亮的回答，却忽然捕捉到了袁野眼中那让人心疼的倦意。

她不由怔在那里，网络上一些不堪入目的言论也随之浮现在脑海。

同样身为著名的电竞玩家大神，袁野"从不参加直播比赛"的规定引起了众多玩家的不满，甚至有人怀疑他从头到尾都在作假，只是用自己的身份进行炒作，谋取利润罢了。

而她呢？只不过是因为不想过于引人注目而小心地隐藏着原本的身份，不

仅做出的游戏视频从不露脸，声音都是经过处理的，怀疑她暗箱操作的人更是不在少数。

或许……袁野也是有什么说不出的苦衷吧？

想到这里，叶晓绫只觉得他也是个非常努力，却也无法得到认可的人，一时连回绝的话都忘了说出口，只留下了一个意味深长的眼神，小声说道：“你……还是努力去打游戏吧，总有一天……什么都会好的……”说到这里，她忽然意识到自己的安慰实在太过苍白无力，又连忙真诚地补充道，“你上一期的对战视频我也看到了啊！虽然是险胜，可陷阱放置的地点和进攻时间的计算简直堪称完美！如果不是队友的应援有些迟了，二十分钟就能取得胜利的！”

一说起钟爱的游戏，叶晓绫木讷沉默的毛病不知道跑去了哪里，整个人都变得精神抖擞起来，听得袁野也不由疑惑地皱起眉来，却不动声色地抛出一些问题，叶晓绫并没有看出来，反而高兴地一一作答，却完全忽略了袁野眼中犀利的光芒。

眼前的女生绝对不是普通的粉丝！他的粉丝中有大部分是被团队队员们出色的操作技巧所吸引折服的男粉，剩余的几乎是被他们“颜值”吸引却对游戏操作一无所知的女粉，而眼前的这位……

从她的话语中可以得知，她不仅对游戏很了解，而且游戏操作也很厉害，难不成也是一位默默无闻的高手？

终于说完的叶晓绫感受到了袁野带着探寻意味的目光，好像一盆寒冷的冰水从天而降，所有的理智也迅速回归大脑……

她为什么要说得这么清楚！

“呃……我的意思是……”她开始费尽心思地寻找弥补的理由，“这是我个人的想法，乱猜的，呵呵……”

她犹疑的态度挑起了袁野心中的警惕神经，更是不由回想起来，这位少女在面对自己时的态度似乎还不如谈论游戏时的兴奋和激动，听到和队员合影的请求也没有表现出过多的喜悦，所以……她可能根本不是他们的粉丝？

“在我看来，你对游戏的了解一定非常的透彻。”看着眼前似乎浑身都充满了秘密的少女，袁野不禁再次向她缓缓靠近，“这样吧，你帮了我这么多的忙，有什么我可以做到的，只要你开口……”

“真的不用了！”再次感受到袁野身上的压迫，叶晓绫满头大汗地跳开几步，非常勉强地扯起嘴角，然后露出一个带有鼓励性质的微笑，“你游戏打得很棒！继续加油！”说完，真的一秒也不停留，直接拽着吕颜的胳膊离开了。

如果现在不跑……就真的再没有机会了吧！

眨眼的时间，叶晓绫的身影就已经消失在了围观群众的视线中，吕颜还恋恋不舍地向后张望，忍不住不停抱怨：“多好的机会啊！袁野这样的人啊！和他接触一下也不算是坏事吧？”

接触？还是不要了！

她这种小人物，还是不要跟袁野有任何瓜葛吧？万一自己的身份被他恐怖的粉丝们挖出来了怎么办？

想到这，她不由自主地转头偷瞟身后的人。

他好像仍然朝着自己的方向凝视，在逐渐拉开的距离中，修长的身影变得模糊起来，只是那道犀利的视线仿佛一直停留在她的身上，影子一般无法挥去……

又一滴冷汗顺着脸颊滑落，叶晓绫心虚似的赶快收扭过头来，一言不发地继续朝着花源馆的方向狂奔而去。

妈妈咪呀，今天就当自己从来没有出来过吧！

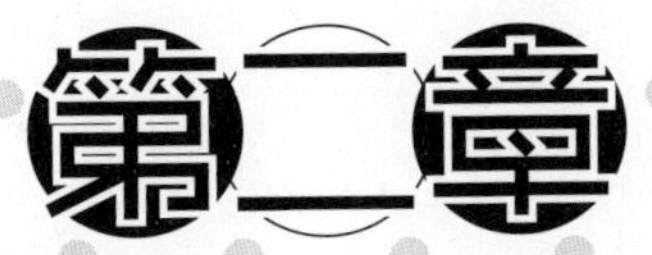

乌龙频发的奇怪事件

1

密密麻麻的“千城”商场，数不清的狂热粉丝仍然挤在一楼的大厅处，每个人都痴痴地看着袁野和古南已经渐渐远去的身影，不知疲倦地一遍又一遍地呼唤着他们的名字。

吕颜一边咬着冰激凌，一边悠悠地靠在三楼的玻璃栏杆处，忍不住大声感叹：“这些粉丝还真是疯狂啊！你说她们叫得声音那么大，袁野会记住他们吗？”

叶晓绫的心思却完全不在这里，她愁眉苦脸地盯着堆了满地的纸袋，小心地问道：“已经买了这么多了，还要继续逛下去吗？”

几个小时的时间，吕颜好像不知疲倦一样带她走过了每一层的服装店，几乎试遍了所有她口中所谓“合适”的衣服。

而这些衣服……

叶晓绫再次惨不忍睹地朝着地上的纸袋瞥了一眼。

这些十分引人注目的糖果色的裙子到底是怎么回事啊！她穿上这些衣服真的不会被当成变态吗？

一眼看破叶晓绫的心思，吕颜嘻嘻一笑，靠近她认真地说：“你本来就长得很漂亮啊！为什么总是穿那些灰扑扑的衣服呢？这些甜美的颜色很配你的皮肤，如果运气好的话，说不定吸引到袁野那种大少爷呢！你们两个不是有接触了吗？”

吸引到袁野？

叶晓凌呆呆地张大嘴巴，先是回想了刚刚两人短到不能再短的对话，还有袁野那张异常俊美的面孔，特别是仿佛璀璨水晶的明亮双眸……

她不禁开始想象以后可能发生的事情：如果她真的认识袁野，那她家的“花源馆”是不是也有发展的希望了？

“如果，我是说如果……”叶晓绫也开始认真的想象着，“我们真的可以有接触，我一定会要他帮助我发扬道馆的！”

哐当——

吕颜险些栽倒在地上，伸出一根手指来颤抖地指着叶晓凌天真的面孔，咬着牙指责道：“你、你竟然在想这种事情！你还是女孩子吗？”

叶晓绫疑惑地反问：“有什么问题？”

自从母亲去世，父亲变得消沉后，“花源馆”也不像曾经那样大有名气了，如果不是有大师兄的帮忙，还不知道会变成什么样子……

再次把道馆发扬光大，才是她最大的梦想啊！

看着叶晓绫一副不明所以的表情，吕颜只觉得喉咙中有一座火山快要喷发，却还是拼命忍下来了。

跟这个家伙讲道理，似乎从来都没有成功的时候！

她的少女心什么时候才能觉醒啊？

吕颜干脆咽下了所有的解释，哆哆嗦嗦地提起地上的衣服：“走！继续下一家！”

“还逛？”叶晓绫惊恐地摆着手，“东西已经够多了！那个……对了！今天大师兄做午饭，你不是最喜欢了吗？”

吕颜眼珠一转，哼了一声：“今天就饶了你，看在凌铮的份上！谁叫我喜欢他……”

“我知道你喜欢他做的饭啦。”叶晓绫没心没肺地打断她的话，讨好地笑着。

没想到吕颜却狠狠翻了个白眼，怎么这个道馆里的人都没有正常的思考方式吗？她这么明显的喜欢都没看出来？“情商低”三个字就可以完美将他们诠释了！

就这样，在吕颜气呼呼的带领下，两人终于又回到了道馆。凌铮一边笑眯眯地和下课了的孩子们告别，一边抬手抹去额角的汗珠，俊朗的五官更是透出了几分朝气蓬勃的味道，仿佛一颗夏日初升的朝阳，耀眼得让人不敢逼视。

吕颜双眼冒着桃心，上上下下将凌铮打量个遍，然后炫耀似的将手中的购物袋子提到他的面前，兴奋地指指点点：“看！这就是我们的战利品！都是今年夏天的新款哦！特别适合晓绫！”

“哦？”凌铮顿时也来了精神，走过去仔细翻看，并点着头做出评价，“晓绫还真的很少穿这种鲜艳的颜色呢！”

“对吧！你要相信我的眼光！还有这个……”得到了凌铮的肯定，吕颜更像是打了鸡血一样，索性将所有的衣服都扯了出来逐一展示，一旁的叶晓绫找准时机，踮起脚尖，逃之夭夭！

如果继续待在这里，她一定会变成他们两个“换装游戏”的可怜模特的……

第二章 乌龙频发的奇怪事件

叶晓绫屏住呼吸，小步小步地朝着自己的房间移动，还不忘回头观察他们的动静，终于将房门关紧，然后熟练地按开了电脑的开关。

希望短时间内没有人会记起她……

电脑的屏幕缓缓亮起，虽然在吕颜的魔掌下折腾了整个上午，不过好在没有错过和阿耐约定的时间，叶晓绫点开阿耐跳动的头像，发出一个微笑的表情："可以开始了吗？"

阿耐几乎是立刻回复："我的乱码大神，微博那边都在催你更新！游戏里出了个新的角色，你要不要试一试？"

"新角色？"原本有些疲惫的叶晓绫不由打起精神来，心脏也怦怦直跳，好像血液也沸腾了起来，"玩家的评价怎么样？"

阿耐发来了一个无奈的表情："说是很难上手，所以在等你啊！喂！不要以为你逃离了寝室就轻轻松松了，身为你的室友兼游戏视频制作人，督促你的责任我还是有的！"

听到阿耐的说教，叶晓绫的脑袋都变成了两个大，她连忙不停道歉："知道！那我现在开始！"

说完，她几乎是迫不及待地点开了桌面上《血战》的图标，耳边立刻响起了熟悉却又令人震撼的背景音乐，精致的"血鹰"在屏幕上展开翅膀发出一声长啸，傲然地扬起头来，飞过背景极寒的冰川山巅，登录的界面也随之缓缓浮现。

叶晓绫明亮的眸子中闪过一丝火焰般灼热的光芒，她不由身子微微前倾，弯起嘴角，露出同平日里完全不相符的笃定微笑。

不同于跆拳道的另一个世界……她来了！

2

经过几场简单的初级操作后，叶晓绫很快掌握了新角色的使用方法和技巧，她一边操作一边兴致勃勃地和阿耐讨论着视频的制作方向：“虽然上手的确有一些难度！可我相信用不了多久，它就会成为最受欢迎的游戏角色！”

阿耐却显得有些犹豫：“不是谁都有你这种操作水平的……”

她至今还记得第一次看到叶晓绫打游戏时的恐怖画面，几个简单的操作和精准的预判就轻轻松松将对方五个玩家打得落花流水，叫苦不迭……

除了跆拳道，这家伙在游戏方面的天赋也算是百年难遇的奇才了吧？

叶晓绫倒是很认真地思考了一下：“所以这个新视频我会解说得详细一些，到时候不要忘记处理我的声音。”

没想到阿耐又犹豫了几秒，才慢吞吞地回复：“晓绫啊，微博上因为你的操作厉害被很多玩家称作大神，从来不露脸也就算了，连声音都是经过处理的，最近怀疑你作假的人越来越多了……”

突然跳出这么一大段话来，叶晓绫在键盘上飞舞的双手忽然僵住了。

作假？

她有些不悦地皱起眉头来，却很快归于平静。

既然她没有做过，根本就不需要在意其他人的看法吧？

而且她只是单纯的喜欢这款游戏，想把有限的经验分享给同样喜爱游戏的玩家而已，这不是一件很快乐的事情吗？

“不要理他们。”叶晓绫淡淡地回复，“继续做我们的。”

第二章 乌龙频发的奇怪事件

“可是……如果你现在彻底揭露自己的身份，不仅会得到粉丝的肯定，而且一定会引起轰动的！”阿耐开始着急了，“著名的游戏操作大神竟然是一个漂亮的女孩子！你难道不想名利双收吗？”

“阿耐，不要忘记我们的约定，虽然很感谢你能为我做出那么多的游戏视频，可我们说好了，绝对不拿这一点炒作的，不是吗？”叶晓凌仍然坚持自己的想法。

更何况……

她有些倔强地抿起了唇角。

她是真的喜爱《血战》这款游戏，就好像同样在她生命中占据着重要位置的跆拳道一样。

为什么总是要将喜爱的东西和名利挂钩呢？

她不理解！

虽然很不甘心，可阿耐深知平日里看似和蔼可亲的叶晓绫在原则方面是很难动摇的，于是她只能闷闷地答应：“那好，对局结束后记得联系我。”

看她不再坚持，叶晓绫也暗暗松了口气：“我知道了。”

手指在鼠标上飞快点击了几下，叶晓绫深深吸了几口气，神色也变得凝重起来，将脑海中那些凌乱的想法全部甩在脑后——

无论如何都要认真对待每一局的比赛！

正当她全神贯注做好了准备，打算进入对局的时候，屏幕左下角突然弹出了一个闪亮的对话框，伴随着“叮咚”一声，很快引起了她的注意。

什么嘛！

叶晓绫不悦地咬了咬嘴唇，有些不耐烦地将不停闪亮的对话框点开。

她最讨厌有人在游戏的时候打扰她了！

而且……

她再次向屏幕靠近，却忍不住悄悄皱起眉来，看着对话框上那个完全陌生的名字，喃喃念出口："不吃咸鱼的黑猫？这是什么奇怪的游戏名？"

脑海中飞快将可能认识的朋友、队友全部过滤一遍，仍然没有发现任何可靠的线索，对方却仍然非常热情地向她打招呼："嗨！乱码！你好吗？"

轰隆一声！

仿佛有一道闪电从天而降，准确地在叶晓绫的头顶炸开了花！

她怔怔地望着上面简单的对话，瞬间变得手足无措起来，连掌心都渗出了冷汗。

怎么回事？这个陌生人怎么知道她是乱码？

就算是发布在各个平台上的视频也从来没有透漏过她的游戏账号信息，平日里游戏的队友根本不知道她的真实身份，这个陌生人是谁？

叶晓绫一边告诉自己冷静下来，一边哆哆嗦嗦地回复："我认识你吗？"

对话框又是一亮，对方很快回答："既然你这样问，就代表你真的是乱码？太好了！认不认识我不重要，我今天找你是有一个小小的请求的……"说着，又发来一个脸红羞涩的表情。

喂喂！这个"不吃咸鱼的黑猫"好像有点奇怪啊！怎么搞得他和自己很熟一样？

叶晓绫警惕地思考了一下，问道："什么请求？"

"不吃咸鱼的黑猫"又发来一个大大笑脸："和我来一场对战，好不好？如果你拒绝，我就会认为你很没胆量哦……"

第二章

乌 龙 频 发 的 奇 怪 事 件

扑哧——

原本因为紧张而心率已经飙过一百的叶晓凌看着对面挑衅一样的语气，竟然忍不住笑出声来。

搞什么？这种邀请对战的方式，一般人都不会接受吧？

虽然对方的身份很令她怀疑，可如果她不去理会，这件事就只会演变成最无聊的恶作剧了。

想到这里，叶晓绫微微一笑，刚要抬手将对话框关闭当成没有看到的时候，房间的门突然被一股巨大的力量撞开！随之而来的就是吕颜充满了活力的呼喊：“开饭啦！凌铮要我来叫你！”

叶晓绫惊魂未定地拍打着胸脯，半天才回过神来：“你难道不会敲门吗？”

吕颜哼了一声，缓缓向她走近：“你这个游戏狂，在外面叫了你多少次都没回应，游戏还没有弄好吗？”说着，不经意地朝着屏幕瞟了一眼，来自“不吃咸鱼的黑猫”的挑衅也全部映入双眼。

大事不好！

叶晓绫的脊背瞬间挺得笔直！

明显感觉到周围气氛已经变得僵硬起来，幽幽的屏幕上隐隐映出吕颜一点点变得扭曲的面孔，好像电脑中突然跳出了一个可以吃人的怪兽！

“竟、竟然有人向我们的电竞大神挑衅？”吕颜难以置信地指着对话框。

“呵呵……恶作剧而已……”叶晓绫心虚地笑了两声，想要随便找个理由掩盖过去。

该死的，怎么就被吕颜看到了呢？她可是一只点火就会爆炸，经受不起任何激将法烤烟的爆竹啊！

果然，下一秒吕颜就扑过来在键盘上敲了几下，眨眼的工夫打出了四个字——

“接受挑战！”

“不要……”叶晓绫无力地伸出手，看着吕颜张狂的笑脸在眼前逐渐放大，摇摇晃晃，自己的身子也石化了一样，好像每一根血管都凝成了寒冷的冰块……

为什么总会有人莫名出现，打乱她原有的计划呢？

难道她的人生真如游戏名一样悲惨，是一团埋不清的乱码吗？

3

午饭后，叶晓绫无精打采地收拾着桌上的餐具，脑海中还浮现着刚刚邀请对战的诡异事件，不知道为什么，一种强烈的“不安信号”将她整个人包裹，让她下意识的认为……这次绝不简单！

那个突然跳出来挑衅的“不吃咸鱼的黑猫”真的非常奇怪，甚至可以说……完全不按套路出牌！

因为在吕颜发出了“接受挑战”四个字后，他竟然毫无征兆地退出了游戏，头像也变得灰白，没有任何的答复了。

难道这真的只是单纯的恶作剧吗？

叶晓绫陷入了辛苦的思想争斗中，不知不觉手中的碗碟已经洗好了一半，忽然听到远处吕颜愉快的声音响起：“晓绫！凌铮说要送我回家，明天再来找你玩！”

上帝保佑！

叶晓绫默默地对着手中的空盘子流泪，感觉浑身上下是前所未有的轻松。

她终于可以暂时逃离吕颜的魔爪了……

可当叶晓绫满面笑容，甩着湿淋淋的双手回到房间，发现一个五彩斑斓、上面还挂着毛茸茸小怪兽的钱包正大大咧咧地躺在沙发上时，她整个人顿时变成了一只泄了气的皮球，颤抖着上前将那只钱包握在手中。

为什么……吕颜会把钱包忘在这里？

她真的不能好好休息一下吗？

等她顶着大太阳跑出去时，终于在不远处看到了在说说笑笑的两人，叶晓凌捏紧了钱包，小怪兽的挂坠很快被掌心的汗水打湿了，刚要出口喊出两个人的名字，有一个诡异的身影旋风般的从她的眼前滑过！

之所以说是“滑过”是因为这个人的行动……实在太让人起疑了！

完全不逊色于凌铮的高挺身姿，行走之间甚至还带着让人无法忽略的倨傲气息，款式简单却不失特点的白色衬衫，凌厉的褶皱间盛满了金黄色的阳光，显得更加耀眼夺目。

黑色的西装长裤衬得双腿更加修长有力，在“跆拳道界”混迹多年、见识过无数俊男美女的叶晓绫也不禁感叹他身材比例的完美。

视线再渐渐向上……

咦？这个人为什么戴着口罩？

虽然遮住了鼻子和嘴巴，却还是能隐约看到他弧度完美的下巴，果真如一头高高在上的狮王一样。

这种感觉……为什么会那么熟悉？

最重要的是……这个“口罩男”的视线好像一直紧紧地追随着凌铮和吕颜，就连行动的方向，走路的步伐都跟着前方的两人调整！

此时此刻，钱包已经成为最不重要的事情了，叶晓凌凝神静气，先小心地将钱包收进口袋里，继续跟在“口罩男”的身后仔细打量。

难道是吕颜的追求者？或是其他的危险人物？

身体里的每一个细胞都警惕地发出了危险的信号，可奈何又没有足够的证据，叶晓绫屏住呼吸，慢慢跟着“口罩男”鬼鬼祟祟地整整走了两条街！

果然是个变态！

正义之魂在叶晓绫的体内瞬间爆发，她干脆利落地挽起了袖子，眼看着“口罩男”竟然拿出手机来，对准了前方两个人的背影准备按下拍摄键的时候，怒吼着狠狠地扑了过去！

不给你点颜色看看，这个死变态还不知道会做出什么样的事情来！

好在凌铮和吕颜已经走过了最后一条巷子，并没有注意到叶晓绫的吼叫，两个人越走越远了，而那个“口罩男”却被叶晓绫反扣住了双手，随着手机吧嗒一声掉在地上，这个可疑的家伙重心不稳很没形象地脸蛋朝下，直接摔在地上，动也动不了了……

从小被教导“绝不能轻敌”的叶晓绫自然不会轻易放过他，她冷哼一声走到狼狈的“口罩男”面前，居高临下地望着他，冷冷地质问道：“你是谁？为什么要跟踪大师兄和吕颜？”

“口罩男”辛苦地抬起头来，一双微褐色的眸子微微上挑，瞳仁明亮深邃，宛如一双剔透晶莹的钻石，耀眼夺目。

乌 龙 频 发 的 奇 怪 事 件

看到这双眼睛，叶晓绫的心中又是咯噔一声！

那种熟悉的感觉又来了！

难道她在哪里见过这个人吗？

“你在说什么奇怪的话？”“口罩男”也是一副又是委屈又是愤怒的模样，低沉的声音带着几分沙哑，“我哪有跟踪？”

连、连声音都像在哪里听过一样！

叶晓绫的好奇心暴涨，就连“口罩男”不悦的争辩都抛在了脑后，她不客气地朝着他脸上那只黑黑的、看起来非常结实的口罩伸去，而“口罩男”的神色也变得愈发惊慌起来，扭动着想避开，却被不耐烦的叶晓绫单手治住。

这少女……一定是大力神的转世！

两秒钟的时间不到，那只可怜的口罩就被叶晓绫剥落，废纸一样扔到很远的地方了。

叶晓绫看着眼前有些羞愤的男生，花瓣般的嘴唇颤抖了几下，眼中写满了惊疑，过了很久才颤抖着吐出两个字来——

“袁野？”

眼前这个行动诡异的人竟然是早上在商场相遇、带着电竞团队参加宣传的袁野！

咕噜一声——

叶晓绫难以置信地吞了吞口水，却仍然不敢相信眼前发生的一切，偏着头倔强地继续打量着。

是她在做梦？还是眼前这个人只是和袁野长得一模一样呢？

仍然被叶晓绫以“泰山压顶”的姿态禁锢在脏兮兮的小巷中，身上的衬衫也扑满了灰尘，袁野胆战心惊地看着叶晓绫天真却让他莫名感到恐怖的面孔，忽然有一种难逃一死的预感……

想起早晨在商场她那一番精彩的打斗，现在面对这个力大无比的暴力少女，他清楚地知道反抗是最不理智的选择，于是他竭力保持着最后的冷静，无奈地仰起头来，沉声问道："先放开我好吗？"

低沉的声音宛如一道不容拒绝的指令，让叶晓绫立刻清醒起来，她迷茫地看着两人现在的姿势，脸蛋突然腾地变得通红！

她到底……在搞什么啊！

想到这里，她弹簧似的从袁野的身上逃离，双手捂住脸颊一溜烟跑出了老远，却还是站在远处兔子似的盯着他看，明亮的眼睛一眨一眨，好像有点胆怯，却又带着点不服输的味道。

看着这样的叶晓绫，袁野哭笑不得地弯起嘴角，好像心脏的某处也渐渐柔软了下来。

真是个让人指责不起来的少女呢……

想着无论如何也要保持最后的形象，袁野咬着牙忽略来自身体各处散发的疼痛讯息，先是故作镇定地拍了拍身上的灰尘，又踉踉跄跄地打算扶着墙壁站起来，偏偏腿脚却突然传来了针刺般的痛感。

于是，在叶晓绫的注视下，他再次形象尽失地重新跌回地上了……

4

僻静悠长的小巷里，热辣的阳光被遮挡，只有几缕金丝般的光辉安静地倾洒在古旧的墙砖上，将上面的青苔照耀得青翠欲滴，仿佛晕开的彩墨一般，美得有些不真实。

在巷子的深处，不时可以听到来自街边喧嚣的车鸣，嘈杂的人声，孩子们愉悦的笑声。可这一切的一切，在叶晓绫和袁野沉默的对视中都成了空白的背景，两个人的目光中充满了探寻、无奈，还有欲哭无泪的疲惫。

率先“出手伤人”的叶晓绫到底还是心虚愧疚，看着袁野满面痛苦地瘫软在脏兮兮的地面上，她干脆再次向他靠近，同时很有信心地活动了一下双手，打算给看一看他膝上的伤口时，却听到袁野一声有气无力的制止：“你要做什么！不要离我这么近！喂……你到底……”

这少女是要杀人灭口吗？

咯吱——

叶晓绫非常听话的在距离袁野不到半米距离的位置刹住了车。

她无辜地瞪着她，声音也像蚊子一样：“我……只是想给你看看伤口啊？看起来好像很疼的样子……”

袁野先是一怔，随后褐色的眸子中倔强地闪过几道挣扎的光芒，可来自腿上的不适感却让他很想马上点头：“你可以吗？”

叶晓绫大力地点头：“放心！这样的情况我在道馆见多了。”

一说起心爱的道馆，叶晓绫嘴角的笑容仿佛都带着点点的光辉，和之前那个浑身散发着死亡气息的大力少女完全不同。

袁野的大脑又开始混乱起来，在怀疑叶晓绫是不是有多重人格分裂的同时却可悲的发现，他竟然无法拒绝这个笑容！

看袁野不再反抗，叶晓绫也不再犹豫，她认真地又朝着袁野的位置靠近了一些，微凉的手指细致而温柔地卷起腿边的裤角，双眸微垂，洋娃娃般浓密的睫毛随着有些繁杂的呼吸轻轻颤抖……

“放心，不会疼的，不要紧张。”总是给道馆孩子检查伤口的叶晓绫几乎是不受控制的安慰出声，声音轻柔得仿佛一片从天边滑落的羽毛。

袁野整个人僵硬地靠在冰冷的墙壁上，动也不动地盯着叶晓绫看，她的声音好像带着一股神奇的魔力，将他内心的焦虑和紧张一击而退，甚至掠夺了他所有的理智，连身处的这个破旧巷子都变得宁静美好起来。

甚至……

他的眸中泛起一抹深深的疲惫，也很快在叶晓绫的声音中缓慢而轻柔的模糊起来，最终消失不见。

时间仿佛已经静止了，之前的大脑和争吵也好像从没有发生过一样，袁野只觉得眼睛都变得沉重起来，此刻他似乎并不在破旧的小巷里，而是在温暖舒适的沙发上，柔软又温暖。

叶晓绫轻松的声音再次响起：“没事的，只是有些红肿了，骨头之所以会发出声音也是突然的剧烈运动，我还以为……”

话没说完，叶晓绫的神色又瞬间变得凝重起来！

看着她剧变的神色，袁野眉头微蹙，神色也立刻变得警觉起来，脑中轻松的睡意顿时烟消云散，再也不敢轻举妄动，只能小心地问道：“怎么了，很严重吗？”

她不会还要有什么暴力的行动吧？

想到这个可怕的可能性，袁野额角就渗出大片大片的冷汗来……

只见叶晓绫忽然想起了什么一样，先是从袁野的身边缓缓退离，然后幽幽地伸出一根手指来，严肃地指着袁野惊疑不定的面孔，一字一句地问道：“你还没有回答我，为什么要像变态一样跟在大师兄和吕颜的身后！”

在看到袁野的那一刻，因为太过震惊，她就忘记了跟踪他的原本目的，反而来关心他身上的伤……

叶晓绫！你难道是个笨蛋吗？

这个人是袁野又会怎么样？如果有人敢威胁到她身边人的安全，无论这个人是谁，她都不会轻易放过！

袁野的神色微变，却也只是眨眼的时间，又很快恢复了平静，他先是缓缓吐了吐气，随后毫不躲闪地同叶晓绫对视：“我没有跟踪。”

他的声音异常冷静，甚至带着一丝冰冷的淡漠。

他回绝的如此迅速，叶晓绫反而不知所措：“那你为什么一直跟在他们的身后，还拿出手机拍照……”

袁野挑了挑眉，唇边溢出一声极轻的叹息：“我不知道你所说大师兄和吕……是什么人，我只是碰巧走这条路而已，而你说的拍照也只是我想要打电话，不小心点开了相机而已。”

呃？

叶晓绫的大脑再次进入了放空状态，好像有无数只黑色的乌鸦在天空挥着翅膀飞过：“那、那你为什么要戴着口罩？”

是她搞错了？可之前的袁野无论怎么看……都真的很像一个不折不扣的变态跟踪狂啊！

袁野露出一抹无奈的微笑，却还是耐心地和她解释：“我被狗仔队和记者吵得太烦了，每次出门在外都要把脸遮住的。”

又是一记极有说服力的暴击解释！

叶晓绫不安地望着眼前这张棱角分明、英俊得有些不像话的脸蛋，吕颜的话也在耳边悠悠地响起：袁野那么有钱的大少爷，身边怎么会缺漂亮的女孩……

脸上的温度再次升高，就连眼眶里的眼珠都在突突地跳动，仿佛下一刻就会紧张地跳了出来！

难道一切真的只是她的想象？她还有些狐疑，可是在看到袁野褐色眼睛里那抹坚定后终于释然了。

对啊！袁野为什么要跟踪和他完全不相关的大师兄呢？至于容貌并不是十分出色的吕颜……就更不可能了！

所以现在，都是因为她的怀疑和鲁莽的行动，才把袁野害成这样的？

想到这里，叶晓绫觉得自己已经是个不可饶恕的罪人，她顶着红彤彤的脸颊，犹犹豫豫地想要向袁野靠近几步认真说声对不起，可看着他脏兮兮的衣服，红肿的膝盖……

她果真是罪人无疑了！

“那个……你还好吗？”长时间的沉默后，袁野反而变得有些忐忑，不知道是不是还在害怕她的武力值，说话是刻意压低了声音却显得更加温柔，宛如悠扬的春风一般，稍稍吹散了叶晓绫心底的狂躁，她拼命克制住在打架砸牙齿，勉强挤出一个比哭还要难看的笑容，低声询问道：“你……还能站起来吗？”

袁野无语地望着她，眼角不停地抽搐，几次张开嘴巴后却还是什么都没说出来。

这种表情当然就是最好的回答，叶晓绫的心脏又是一颤，愧疚感排山倒海而来，她的声音听起来也像是带着哭腔：“那……我背你回去，怎么样？”

虽然袁野的个子看起来很高，不过从小在父亲的手中接受过各种严苛体能训练的她还是有信心的！

或者说是……轻轻松松？

听到“背你回去”几个字后，袁野像是受到巨大的冲击一样，惊恐地瞪大双眼，眸色瞬间转浓，大声拒绝：“不用了！我还是……”

“那让我抱你回去吧！尽量不碰到你的膝盖！”看他不愿意，叶晓绫干脆拍着胸脯保证，一边向他接近，一边比了一个公主抱的姿势，充满信心地说，“这样还不会碰到你膝盖的伤口处！”

眼见着叶晓绫越来越近，一颗豆大的汗珠顺着他脸颊完美的轮廓缓缓滑落，袁野用尽最后的力气扭动了几下，发现他的身后是一面冰冷的墙壁，根本退无可退……

抱他回去？

众目睽睽之下，他难道要像某位柔弱的公主一样被“万般呵护”地抱在怀里，走出这条小巷，去接受路人目光的洗礼？

他觉得自己已经完全接近崩溃的边缘了……

万般无奈之下，袁野下意识地抿紧双唇四处张望，目光突然定格在脚边摔落在地的手机上，他不由一怔，随后暗暗发出一声惊喜的欢呼，一把将手机握在手中，高高举在叶晓绫的眼前，尽力露出一个和蔼可亲的微笑。

“不用麻烦你了。”他深邃的眸中散发出温和的光芒，带着不可抗拒的蛊惑，仿佛一点点引诱着猎物的捕猎者，安抚着叶晓绫不安的神经，“我拜托朋

友来接我就好。”

果然……

不经意间就已经沦陷在这双眸子中的叶晓绫乖巧地停下脚步，只见她偏着头，却还是有些担忧地问道：“可以吗？”

袁野点了点头，然后飞快地拨下了古南的电话。

他还能不能坚强活到援军的到来呢？

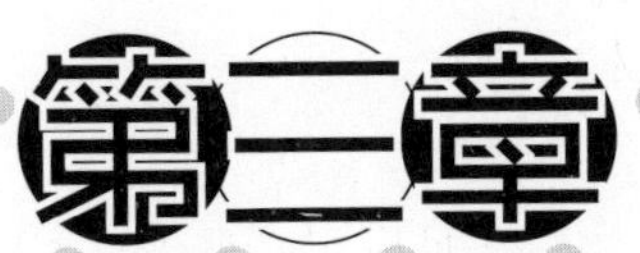

无 厘 头 猜 想 的 大 秘 密

1

越是艰难的时刻，时间游走的速度似乎也越是缓慢，让人有一种度日如年甚至惶惶不安的烦躁感。

街道处的喧嚣仍然时远时近，僻静的巷子好像真的与世隔绝了一般除了此刻都很尴尬的两个人再看不见别的身影。

叶晓绫有些疑惑地看着面前脸色有些苍白的人，他的双眸也不似平日里那般神采奕奕，笔直的双腿无力却十分随意地伸开，显得更加修长挺拔，清爽干净的黑发也有几丝凌乱地散落在额前，随着微风时不时地飘动着。

见他终于报完位置挂断了电话，叶晓绫赶紧坐在他的对面，紧张的双手环住膝盖，裤子被双手扯出了深深的褶皱，好像下一秒就会被她的怪力撕开一条口子一样。

由于她的动作太过引人注目，袁野忍不住支起困倦的双眼，再次悄悄打量起来。

她……是在愧疚吗？

这个奇怪的少女到底是怎么回事？有大力神一般的力量，洋娃娃一样的外表，还有着如此让人捉摸不透的多重性格……

啧！

遇到事情一向秉承着“冷静处理”理念的袁野开始变得凌乱又迷茫，好像

无　厘　头　猜　想　的　大　秘　密

叶晓绫的身后隐藏着数不清的秘密在等待他的接近和探寻，可是……他根本没有想要了解她的理由啊！

一时间，袁野再次陷入了艰难的沉思之中，眼皮也再次不受控制的渐渐合拢，却忽然听到叶晓绫颤抖的声音轻飘飘地传来：“是不是……疼得很厉害啊？”

袁野看着叶晓绫依旧涨得通红的双眼，他忽然有些不知所措，连身上的疼痛都不自觉忽略了。

好像应该让她的情绪先稳定下来吧？

“其实也没有那么疼。”为了让这个谎言变得更真实一些，袁野刻意将眉眼舒展开来，连声音也变得轻松了几分，“只是觉得有些累了。”

“累……吗？”叶晓绫的眼睛瞪得圆溜溜，仿佛两颗成熟饱满的葡萄，“可是刚刚都是我在动手啊？”

而且一出场的时候他就被自己压到地上了……

袁野的脸色忽然变得十分难看，他低低地咳了几声，还没有找到更加合适的理由，就听到一个幸灾乐祸的声音从不远处传来，同时伴随着一声尖锐的口哨声：“看来今天……我差点错过一场好戏啊？”

向来都处于“警备状态”的叶晓绫灵活地从地上弹起来，袁野则长长地出了口气，好像看到了一抹来自天堂的希望曙光……

援军……总算来了！

巷子与街道的交接处，一个步伐轻快的少年吹着悦耳的口哨快步走来，他金黄的发丝在阳光下异常耀眼夺目，近乎透明的发尖扫过那双充满了活力与洒脱的黑眸，在他的目光深处，孩子般恶作剧的气息若隐若现，好像那里住着两只顽皮的恶魔。

修长的食指上，一只精致的钥匙圈被甩来甩去，动作灵活熟练，饰品与钥匙的碰撞击出了清脆的响动，为这条寂静的巷子增添了些许的欢乐。

这个少年……

叶晓绫戒备的心理在他极具感染力的笑容下渐渐松懈了，紧绷的神经也开始变得柔软起来。

他好像是袁野的朋友？今天早上在千城商场的时候还看到他们二人“并肩作战”……

“这位美女，我可是知道你的厉害，所以先投降！我没有恶意的！”他笑嘻嘻地朝着叶晓绫接近，“我是这家伙的朋友，听说他受伤了，所以来……关照一下？”

却听旁边的袁野冷笑着反驳：“你其实是来看戏的吧，古南？”

古南只是更加张扬地挑高了眼角，目光却再次落到叶晓绫身上。

“你……就是袁野的朋友吗？”总算搞清了状况，叶晓绫乖乖站好，有些局促地向他点了点头，“原本我想把他背……啊不是，抱去医院的，可他坚要等你过来……”

扑哧！

没等叶晓绫说完，古南就忍不住发出一声刺耳的笑声，然后毫不顾忌地指着袁野又发出了一连串的疑问，怎么听怎么带着嘲笑：“抱？抱去医院？你也有今天啊！”

袁野的眸中闪过一丝极其不悦的光芒，却又硬生生地压了下去，只是平静又缓慢抬起手来，骨节分明的手指轻轻勾了勾，声音低沉而优雅：“你还要继续看笑话吗？”

古南一把抹去笑出的眼泪，屁颠屁颠地跑到袁野的身边：“好！我尊敬的少爷！现在我就扶您起来！不过……这到底是发生什么了啊？”

袁野的动作又是一僵，微微垂下头去，明显是不想回答。

叶晓绫则谨慎地观察着古南和袁野之间的相处模式，最终长长地松了口气。

看来他们两个……真的是很好的朋友啊！

身为无缘无故出手将袁野弄伤的始作俑者，叶晓绫认为自己有责任说明事情经过，于是她深深吸了口气，鼓起勇气走到古南的面前，面带愧色地讲解着一个小时前发生的“乌龙事件”……

“所以都是我的错！是我误会了袁野！”一等说完，她就深深鞠了一躬，脸颊烧得滚烫，“真的很对不起！”

她这种冲动的性格到底什么时候能改啊！

真是不敢想象，下一次受伤的人又会是谁……

“不……与其说对不起……哈哈哈……”古南已经捂着肚子夸张地笑了起来，“你做得很棒呢！”却听到袁野又不悦地咳了几声，他立刻正经八百地收起了笑容，还是忍不住热情地伸出手来，声音也如阳光一般温暖，“总之认识你很高兴！早上也是你在商场帮了我们吧？我叫古南，你呢？”

想起之前的事情，叶晓绫慌慌张张地摆着手，结巴着回答：“我叫叶晓绫……”

这个叫古南的少年和袁野是完全不同的人呢！

“这是我的名片哦。”古南眨了眨眼，动作流利地从口袋里抽出名片来，不由分说地塞进叶晓绫的手中，“以后有机会……会联系的吧？”

“啊？”叶晓绫茫然地握着手中的名片，“联系什么？”

他们根本就不熟好吧？还会有再次接触的机会吗？

袁野若有所思地瞟了一眼仍然满面笑容的古南，忽然有些了然地勾起嘴角，也淡淡地附和：“会有机会的。”

看着面前两个人意味深长的笑容，叶晓绫忽然又有一种极其不安的预感，她晶亮的双眸中再次飞快地闪过一丝警惕的光芒，想要继续追问，却被古南笑着打断：“我的意思是……感谢你没有把他丢在这里，我会再次联系你表达感谢的！现在我要带他去医院了，等着我的电话哦！”

说完，他又抬手比打划了一个电话的俏皮姿势，不由分说地扶起满身灰尘的袁野，飞快地消失在了叶晓绫的视线中。

这……就结束了？

空荡荡的巷子再次剩下她一个人，只有那只被遗忘在角落里的黑色口罩诉说着刚刚那场战斗的“惨烈”。

叶晓绫忍不住抬起手来，轻轻地按在心脏跳动的地方。

扑通、扑通。

为什么它的速度仍然没有一丝一毫减缓的趋势呢？

难不成是这次出手真的太重，让她直到现在也无法释怀吗？

一个人在小巷中茫然地徘徊了半天，叶晓绫心中的不安愈发强烈。忽然，她的手指不小心碰到了口袋里那个毛茸茸的怪兽吊坠！

钱包……

叶晓绫整个人惊跳起来，气急败坏地扯出钱包，再抬起头来四处张望，哪里还能看到吕颜和凌铮的身影呢？

眼见着已经快要到道馆上课的时间，叶晓绫又气又无奈，干脆狠心咬牙，再次将钱包重新塞回了口袋中！

对不起了，吕颜！和你的钱包相比，还是道馆的孩子比较重要啊！

第三章

无 厘 头 猜 想 的 大 秘 密

2

市中心医院的地下停车场里。

古南手中提着一只装满了药膏的纸袋，脸上仍然带着意犹未尽的坏笑，一把将红色保时捷的副座车门拉开，把纸袋伸到袁野的面前晃来晃去："需要我的帮忙吗？"

袁野正面色疲惫地靠在椅上，听到古南的声音也只是平静地睁开了双眼，凌乱的额发随意地散开，在眼睑处投下一片淡淡的阴影，也衬得眼底的那抹乌青更加明显。

"不需要。"他简短地给出了答案，同时飞快扯过那只药袋，随意翻看了起来。

"好好好，你这么厉害的人当然什么都不需要帮忙了。"古南无所谓地耸了耸肩，转身回到了驾驶座的位置，继续掏出钥匙圈在指尖晃来晃去，"现在可以告诉我了吧？那个叶晓绫说得都是真的？你的跟踪计划还没成功就被她一举拿下了？"

话音刚落，只听耳边哗啦一声！

袁野的双手骤然收紧，将纸袋握成了小小的一团！

他瞟了一眼仍然笑得阳光灿烂的古南，咬牙切齿地开口："我怎么知道她会注意到我的行动，要不是她来捣乱，说不定今天就可以确定乱码的身份了。"

古南一声轻笑，悠悠地回答："不，说不定这也是一件好事。"

"好事？"袁野的语气变得有些凝重，"所以你才主动留下自己的名片吗？"

古南一边点着头，一边继续玩弄着手中的钥匙扣，心不在焉地说道："我调查了那么久，费了那么多的时间，终于从乱码的账号上找到了突破点，在凌铮身上发现了相关的线索，哪想到你那么心急就想亲自确定人家是乱码，莫名其妙地跟踪过去，不被怀疑才怪！"

黑暗中，袁野的脸颊闪过一片可疑的红晕，声音却依旧冷静："先下手为强，不对吗？"

"乱码"作为如今电竞界最受欢迎的电竞大神之一，身份却一直成谜，除了玩游戏，也只在自制的游戏视频中出现。可惜就连视频的声音也是经过处理的，根本分辨不出男女，所以没人知道他的庐山真面目……

有着如此惊人的操作技巧，到底会是怎样的一个人？

如果这个人加入了自己的战队，不仅可以对团队的队员进行技术方面的指导和训练，最重要的是可以很大程度的打响"Nirvana"的名气。

如果这样一个恐怖的操作大神被别人提前挖走……

黑暗中，袁野的双眸缓慢地浮现一抹星辰般冰冷的光芒，又被随之而来的坚定所替代。

他绝对不会让这种事情发生！

古南停止了手上的动作，转而无奈地瞥着他说道："好吧，就算你说得对，可接下来的事情也不能操之过急了，既然那个叶晓绫叫凌铮师兄，就说明他们的关系很不错，我们……"

"明天就去花源馆。"袁野飞快地打断了古南的话，手指缓缓摩擦着纸袋的边缘，声音也渐渐变得低沉起来，"无论如何都要挖出乱码的身份。"

古南歪着脑袋打量他，也充满了期待地发出了一声轻笑。

这位电竞大神到底是怎样的身份……他也很好奇呢！

“哦对了，说起凌铮，我就必须要再次今天那个将你收拾得头破血流的暴力少女……”突然想起了什么似的，古南故意将“收拾”两个字咬得很重，“明天去花园馆的话，又会和她见面了吧？”

想起不久前，叶晓绫还一脸真挚地说想要将袁野抱去医院，他的肚子……现在还笑得抽筋！

听到叶晓绫的名字，袁野倒吸了一口冷气，洋娃娃般精致的面孔在眼前一闪而过，随之而来的却是犀利的踢腿和过肩摔。

糟糕……膝盖怎么好像又疼起来了？

“闭嘴。”他克制着声音中的颤抖，冰冷地吐出这两个字来。

这种经历……他不想再有第二次了！

下午六点三十分。

城市的另一边，橙红色的夕阳驱散了空气中沉闷的燥热，华丽而张扬地占据了大片的天空，将这个繁华的城市装点成了一个梦幻般的童话世界。

花源馆今天最后一节课程也在孩子们充满了朝气的告别声中结束了，叶晓绫心满意足地站在道馆的门前，和一位绑着马尾的女孩挥手再见，只觉得心中软绵绵的，好像什么烦恼都飞走了，就连空气似乎都变得清新百倍！

果然……花源馆才是让她最为放松的神圣土地啊！

叶晓绫又大大地伸了个懒腰，转身想要将凌乱的练习场地收拾得干干净净，再将吕颜的钱包送过去的时候，空气中突然飘来了一阵刺鼻的味道！

等一下！

叶晓绫的脸色剧变，机器人一样咯吱咯吱地扭动着脖颈，仔细辨别着味道的方向。

不会错的……这么浓烈的酒气，并且选择在这个时候出现……

她有些无奈地叹了口气，背起双手朝着门外望去。

果然……

只见一位穿着黑灰色半旧T恤的中年男人涨红了一张脸，正软绵绵地靠在花源馆的门边，手中还提着一只已经见底的酒瓶。

他的发丝和鬓角已经有些泛白了，加上那双睡眼惺忪、毫无生气的双眼，让人感到无比的沧桑和颓然。

叶晓绫默默地站了一会儿，最终还是有些心疼地走上前去，双手稳稳地扶住男人的肩膀，小声问道："爸，你怎么又喝了这么多酒？"

好在这个时候孩子们都已经下课了，否则看到他这个模样，一定会觉得很害怕吧？

"晓绫啊……"因为喝了太多的酒，叶宏的声音都变得模糊不清起来，"刚刚、刚刚我又梦到你母亲啦！她还是那么漂亮！我梦到她在跆拳道大赛上获得冠军时候的样子了，那时候我们还是师兄妹……"

妈妈吗？

叶晓绫忽然变得有些恍惚。

虽然很小的时候母亲就已经去世了，可嗜酒如命的叶宏每次喝醉后都会不知疲倦、一遍又一遍地向叶晓绫讲述着有关母亲的事情。

她是一个温柔又坚强，善良却不是原则的女人。

她是也是一位不失天真却心思细密的"少女"。

她更是一位在叶晓绫出生时将她抱在怀中，流下喜悦泪水的母亲。

叶晓绫几乎记不起母亲的模样来，她也没有感受过母亲的怀抱是怎样的温度，可每当父亲唠唠叨叨地说起那些往事，说起母亲穿着雪白的道服，英姿飒爽地站在冠军的位置接受大家的欢呼与祝福时，她的眼前似乎就真的看到了那张原本只会出现在照片中的美丽脸庞。

虽然这种感觉真的很奇怪，却总是莫名的让她感到异常的温暖。

或许……这就是亲情的力量吧？

完全没有注意到叶晓绫的神色，叶宏摇晃着手中的酒瓶，继续断断续续地说道："还有我们刚刚建立花源馆的时候，她那么高兴地和我说，要让所有喜爱跆拳道的人在这里学到最有用的东西，让更多的人彻底了解跆拳道的美好……"说到这里，他颤抖着伸出手来，拍了拍叶晓绫的肩膀，"你一定不要让她失望啊！"

同样的话语不知已经听过多少次了，可看着眼前父亲日渐苍老的面孔，叶晓绫还是觉得双眼睛又酸又胀，她哽咽着拉长了声音："爸，我知道了，你快点回去休息吧！"

天堂里的母亲看到这样的他，应该也会感到难过吧？

因为酒精的作用，叶宏根本没把叶晓绫的话听进耳朵，只是自顾自地嘟囔着曾经和妻子相处的点点滴滴，最后在叶晓绫艰难的搀扶下回到了房间，倒在床上，很快进入了梦乡。

叶晓绫在黑暗的屋子里安静地站了半晌，先是上前收好酒瓶，然后一声不响地退出了房间。

空气中还残余着刺鼻的酒气，叶晓绫将道馆的窗子全部打开，探出头去，大口大口地呼吸着，眼中一抹隐忍的坚定渐渐凝聚，融在黄昏的色彩中，愈发的闪耀动人。

没关系的！

父亲只是还没有从失去母亲的阴影中走出来，只要再多一点时间……

叶晓绫给自己打气似的握紧了拳头，一切都会变好的。

而且……就像母亲所说，花源馆的存在就是为了让更多的人了解跆拳道的美好，只要有她在，还有大师兄的努力，一切都会越来越好的！

想到这里，原本已经疲惫到了极点的身体似乎又灌满了崭新的力量，叶晓绫抬起手来狠狠地拍打了几下脸颊，反复嘟囔了几句“加油”，就找来打扫的工具，开始将馆内的每一块垫子都擦得干干净净！

就算所有人都倒下了，她也绝对不可以！

将整个花源馆都打扫干净后已经天黑了，简单吃过晚饭的叶晓绫连游戏都没有力气再玩，直接瘫软在床上，没过多久就进入了深层的睡眠状态，直到第二天早上，仍然沉醉在“花源馆全国第二十八家连锁店正式开业”美梦中的叶晓绫终于被凌铮焦急的呼唤吵醒了。

“晓绫，还没醒吗？”已经换好了道服的凌铮站在卧室的门前，担忧地轻叩着房门，“外面的孩子已经在等了！”

什么？

叶晓绫一个激灵，顶着一头乱七八糟的头发从床上“嗖”地弹了起来，飞快抓过桌上的闹钟看了看，心脏几乎都要跳出了喉咙！

搞什么？已经八点半了？她怎么会睡到这么晚？

“我很快就好！大师兄！你先带他们做热身运动！”叶晓绫急匆匆地扯过叠放在枕边的道服，满头大汗地朝着门外喊道。

她怎么能因为自己的事情耽误孩子的时间呢？

凌铮无奈地笑了笑：“也不要太急，二十分钟后才开始上课，你好好收拾吧。”

“好的！我会很快！”叶晓绫又是一声高吼，以光速打点好自己，连马尾都来不及认真绑就旋风似的朝着屋外的道馆飞奔而去，因为速度太快，几次还差点没形象地摔在地上！

很好！

只耽误了七分钟的时间！

叶晓绫动作渐渐变得柔缓起来，并努力调整着脸上僵硬的表情，同时一把推开道馆大厅的门，打算送给孩子们一个和蔼可亲的微笑，可双脚刚刚踏进大厅，就被停在门前的一辆极其引人注目的红色跑车吸引了注意。

虽然她从来都不了解这些东西，更不知道这辆看上去就知道很贵的跑车到底是什么牌子，可一向清净的花源馆门前会停着这样的一辆车，还恰巧挡在了可以出入的唯一位置，让她不禁思索：是碰巧路过这里，还是特意来找茬的？

凌铮正大声带领孩子们做准备热身运动，没有发觉到红色跑车，叶晓绫犹豫了一会儿，正想着要不要找到车主，希望他们将车子停到其他空位的时候，驾驶和副驾的车门同时打开了。

叶晓绫的目光被牢牢吸引住——

率先走进来的少年一头张扬的黄发，嘴角挂着漫不经心的微笑，他的眼珠滴溜溜转了几下，很快以叶晓绫为中心并锁定了目标，然后扬着下巴打招呼："嗨！又见面了！"

竟然是古南？

虽然暂时没有搞清状况，可叶晓绫还是礼貌地点头回应，又小心地朝着古南的身后望去。

仍然是简洁却不失贵气的白色衬衫，袖口利落地挽到了手肘处，露出修长好看的手臂。略为苍白的面孔，英俊的五官隐带着王者的傲然，微挑的双眸中含着浅浅的、春风般的笑意。

叶晓绫的心脏怦怦直跳，慌慌张张地退后了几步，心中打起了小算盘：袁野为什么也会来？是昨天去过医院后发现伤得太重，所以来找她算账吗？

说起来，他走路的时候好像还点一瘸一拐的……

“那个……你们怎么会来啊？”不敢直接同袁野对视，叶晓绫只能小声地向看起来还算亲切的古南提出疑问。

如果真的要算清昨天的事情就不要在这里了吧？毕竟孩子们都在面前！

明显受到冷落的袁野先是一怔，随后露出一个不知是哭是笑的表情，叶晓绫是很讨厌他吗？为什么他总有一种自己只是空气的感觉……

一向走到哪里，哪里就会引起“八级地震”的袁野莫名地感到很不甘心，他干脆一把挡开正要回答的古南，一步步朝着叶晓绫的方向走去，声音犹如夏夜中的一抹清风：“是这样，我的妹妹最近对跆拳道很感兴趣，想要找一家口碑良好的道馆，大家都说花源馆不错，所以想来了解一下……”说着，他好像真的非常欢喜一样，连声音中都隐含笑意，“没想到能在这里遇见你。”

什么？

叶晓绫整个人瞬间僵在那里，眼睛也亮得惊人！

“你不是来找我算账的？”她几乎是下意识地问出口来。

“找你……算账？”袁野疑惑地重复。

“就是我昨天打伤了你啊！你现在走路看着也不是很利索……”她心虚地放低了声音。

袁野再次被她不按常理的逻辑惊住，哽了半天才勉强笑着回答：“是你误会了，我是真的想了解一下跆拳道。”

旁边的古南饶有兴趣地抱着双臂，眼中恶作剧的意味却是越来越深了。

这两个人……怎么都别扭得有些奇怪啊？

无 厘 头 猜 想 的 大 秘 密

得到了袁野肯定的回答，叶晓绫最后的担心也消失得无影无踪了，她有些害羞地揉了揉额前的碎发，然后重新扬起头来，露出一个比向日葵还要明朗的笑容，朗声说道："那既然如此！我就带你来了解一下我们的花源馆吧！"

虽然袁野这样的大人物会突然找来这家默默无闻、没有丁点名气的小道馆，可他说的话……似乎没有什么问题！

毕竟她家的花源馆的确口碑良好，人很负责啊！

而且……

叶晓绫嘴角的笑容怎么也忍不住，不停地向上扬起。

有袁野的帮助和参与，相信道馆的名气和口碑也会蒸蒸日上，朝着新的方向发展吧？

眼前叶晓绫的态度突然发生了巨大的转变，她的笑容那么诚挚，好像所有的快乐都已经深深地印在了双眼中一样。

袁野被这样的笑容恍得失了神，心脏好像也不知所措地漏掉了一拍，好在身边的古南发出了一声轻咳，才好不容易想起了此行的目的，有些不自然地四处张望了一周，目光却停在了已经走出来的凌铮的身上。

"他也是道馆的教练吗？"袁野轻松地发问。

"啊……对！他就是我的大师兄！"叶晓绫连忙热情地介绍，不好意思地笑了笑，"昨天我就是误会你在跟踪他的！他的名字叫凌铮，在这里已经……"

话还没说完，却见袁野眉头一挑，似乎有些迫不及待地朝着凌铮的方向走去："他是在进行训练吗？我去旁边观察一下吧？"随后迈开长腿，几步就走到凌铮的位置，剩叶晓绫原地凌乱，根本搞不清楚状况。

他怎么……对大师兄很感兴趣的样子？

眼看着刚刚向孩子们宣布“休息三分钟”的凌铮已经在袁野热情的招呼下一头雾水地聊起了天，叶晓绫思来想去，总是觉得好像有什么地方不对！

如果说昨天的事情真的是个误会，那么袁野和凌铮根本就不认识吧？和他熟悉一点的人，应该是自己才对吧？

可为什么袁野好像一点都不想跟她交流，目光一直“黏”在凌铮的身上呢？

而且那目光……

叶晓绫缓缓地咬住嘴唇，忍不住倒吸一口凉气！

如果她没有看错，袁野的目光中……竟然带着火一般滚烫的期待？

什么鬼？他怎么会对一个陌生人有这样的眼神？

“晓绫，你在想什么？怎么表情那么……扭曲？”一直处在看戏状态的古南终于忍不住发话了。

已经完全被脑海中的想法吓到，叶晓绫根本不去在意古南突如其来的亲密称呼，只能漫不经心地回答：“没、没什么……”

“哦……这样吗？”古南似乎也并不在意，却忽然有些苦恼地皱起眉头来，“我突然有些事情要解决，你这里有电脑可以借用一下吗？”

恍惚中的叶晓绫根本没将古南的话放在心中，她充满惊疑的视线一直在袁野和凌铮之间徘徊，只是心不在焉地点了点头，幽魂一样带着古南来到了角落里电脑的位置。

袁野不会真的对凌铮……有不一般的想法吧？

她再没有心情去看古南在干什么，她只想一直看着远处交谈的人，不管怎么样，别动大师兄啊！

第三章

无　厘　头　猜　想　的　大　秘　密

3

聒噪的蝉鸣此起彼伏地自窗外传来，和孩子们充满活力的呼喊交杂，仿佛低微的灰尘都受到了这种热烈气氛的影响，在金黄色的阳光下欢快地飞舞着。

叶晓绫惴惴不安地坐在古南的身边，一边随口回答他的问题，一边找准机会，打探着袁野和凌铮的动静。

远远看去，袁野似乎比凌铮还要高出一点，对比之下，五官的轮廓也愈显得挺拔立体，只是在谈笑之间偏偏又多出了几分凌铮所没有的自信与傲气，却并不让人感到厌烦。

他只是随意地靠在墙壁的一角，说话时浅褐色的双眸中闪烁着温柔耐心的光芒，不时淡淡地抿着唇角，好像在认真聆听对方所说的每一句话、每一个字。

而对面的凌铮就显得有些局促了……

他们到底在聊些什么啊？难道真的只是关于跆拳道的事情吗？

此时此刻，叶晓绫恨不得自己的身上长出八只灵通的耳朵来，更是恨不得立刻就扑到凌铮的身边“窃听”二人神秘的对话内容，就连古南不时摆弄鼠标和键盘的响动似乎都变得遥远起来，

直到古南忽然发出了一个疑惑的声音，随后指着屏幕饶有兴趣地问道：“你也玩这个游戏吗？”

叶晓绫下意识地转过头去，发现他的指尖正停留在屏幕上《血战》的图标上。

对了！袁野和古南不就是《血战》最有名的游戏团队成员吗？

想起自己一直小心翼翼隐藏的身份，叶晓绫的心思终于被拉回了几分，她立刻讪笑着回答："我也不算了解啊！这个游戏是大师兄下载的。"

这应该也不算是说谎吧？

因为当初就是凌铮看她整天就是沉迷在跆拳道的世界，才生拉硬拽将她带进了《血战》游戏中的，就连现在的账号都是凌铮一手帮她注册成功的呢！

古南意味深长地哦了一声，目光又颇有深意地在游戏的图标上停留了许久："那他玩得很厉害吗？"又开玩笑似的向叶晓绫靠近，"和我们比呢？"

噗——

听了这样的问题，叶晓绫忍不住发出一声极低的笑声。

凌铮的游戏操作手法真的可以用"惨不忍睹"四个字来形容，就连最简单的人机练习都会被对方打得落花流水，又怎么和他们这种职业的比赛选手相比呢？

可关键时刻，叶晓绫想到的还是要维护凌铮的尊严，她马上将笑容收好，一本正经地回答："我并不了解这个游戏，不过……他应该也很不错吧？"

这一系列的变化被古南尽收眼底，他脸上的笑容越来越深，有一下没一下地敲击着键盘的边缘："看来他真是个出色的人啊！"

对凌铮的肯定就等于对他们花源馆的肯定，叶晓绫忙不迭地点头认同，心中已经乐开了花，却听到不远处袁野的笑声也随之传来："看来跆拳道真的是一项有趣的运动呢！"

悦耳低沉的声音飞快吸引了在场大半人的注意，而早已落入袁野"陷阱"的凌铮更是满面兴奋地肯定："就算不了解它，在逐渐接触的过程，也会有很多意想不到的收获！"

说着，两个人似乎很有默契地相视一笑，好感度以肉眼可见的速度飞快增长！

第三章

无 厘 头 猜 想 的 大 秘 密

叶晓绫的目光彻底无法从袁野的笑脸上转移了，只见他弧度完美的唇角微微上翘，宛如樱花的瓣尖，精致得难以言喻，双眸专注而温和地落在凌铮的脸上，时不时地做出凝神细听的神色。

看着这样的笑容，叶晓绫的心脏仿佛被谁狠狠打了一拳！

大事不好！

这样英俊的笑容，连平日里从来都男性不多加注意的叶晓绫都受到了冲击，更何况呆头呆脑的凌铮！而且……

叶晓绫浑身发抖地从椅子上站起来，直勾勾地将从袁野的头发丝到衣角都打量了个遍。

经过今天的接触，她几乎可以确定，昨天的跟踪事件绝对不是偶然！

这个袁野……一定是对凌铮图谋不轨！

想到这个恐怖的可能性，叶晓绫咬牙切齿地朝着袁野的方向走去：这个可恶的家伙竟然还借着了解跆拳道的理由来接近凌铮吗？想都不要想！

“喂！现在是大师兄上课的时间！”她气势汹汹地地横插在两个人的中间，看似不经意地将凌铮推出去老远，“还有什么想了解的，尽管问我好了！”

被叶晓绫突如其来的举动吓了一跳，想起这个暴力少女之前的所作所为，袁野的表情先是凝固了一秒，唇角轻颤，却还是保持着柔和的微笑：“那真是抱歉打扰了。”

叶晓绫偏过头去，不想再看到他“致命”的笑容，语气开始缓和下来：“没关系，是我们应该做的。”

搞什么啊？

明明是个借着跆拳道接近凌铮的讨厌家伙，可为什么看着他的笑容，总觉得他不是那么可恶的人呢？

“那接下来……”

“接下来，我们还有事情要做对不对？”看准时机的古南从电脑的椅子上一跃而起，眨眼的工夫就迈到了袁野的身边，抬手勾起他的肩膀，用力使了一个眼色，“有机会带你妹妹来看吧？”

袁野眼中闪过了然的神色，身子似乎也放松了下来，他十分配合地点了点头，礼貌地开口：“那我们就先离开了。”

说完，他竟然真的一秒都不耽误，在古南的搀扶下离开了。

转身的那一瞬间，他似乎还能清楚地感觉到，叶晓绫明亮清澈的目光一直跟随在他的身后，膝盖和眼角的伤口也不合时宜地再次疼了起来。

呼——

重新坐回车中的袁野好像获得了新生，软软地瘫在椅子上叹气，脸上却不由浮现一丝苦笑。

虽然是为了摸清乱码的身份才三番五次的和叶晓绫这个奇怪的女孩有了接触，可是为什么……

唇边的苦笑忽然多了点无奈的味道。

他总是觉得，她还会给自己带来更多意想不到的“惊喜”呢？

第四章

神 秘 挑 战 引 发 的 微 博 热 搜

1

花源馆的门前，叶晓绫仍然僵直了身子眺望着已经远去的红色跑车，袁野温和俊美的笑容一直在眼前摇摇晃晃，怎么赶也赶不走，而叶晓绫一想到这样的笑容是为了凌铮而存在……

炎炎夏日，她不禁冷得浑身发抖！

可怜的凌铮，到底是倒了什么霉，才遇到了这样离奇的事情啊？

“有钱人啊……”完全搞不清楚状况的凌铮还在摸着下巴感叹，“这款保时捷的价格可不是我们这些平民消费得起的。”

“那又怎么样！”叶晓绫向他丢去一记犀利的目光，“你该不会是……”

该不会是先被袁野的“美貌”所征服，然后又产生了“傍大款”的念头吧？

“该不会是什么？晓绫，你今天怎么会这么奇怪？”明显感受到了非比寻常的危险，凌铮打起十二分的精神退后到最安全的距离。

“没什么！”同样被自己荒唐的想法吓到，叶晓绫连忙摇晃了几下脑袋，将这些念头甩出百里开外，却还是忍不住怀疑地发问，“大师兄……你不会原本就和袁野认识吧？”

否则袁野怎么会这么快的锁定目标呢？

第四章 神秘挑战引发的微博热搜

而且刚刚看他们交谈的时候气氛好像真的非常愉快啊！

凌铮被吓了一跳，这个从来不会说谎的老实人马上站成了一根木头，信誓旦旦地说道：“不认识！我到哪里去认识这么厉害的有钱人啊！”一边说着，又忍不住感叹，“虽然我游戏打得烂，但他的电竞团队又怎么会没听说过呢？”

听到这样的话，叶晓绫总算稍微放下心来，却又忍不住朝着跑车消失的方向望了望。

老天保佑！这次一定不要让自己的想象化作现实啊！

强打着最后一丝的精神将孩子们的课程进行到底，叶晓绫浑身无力地拖着疲惫的身躯回到房间，脸颊刚刚和柔软的枕头进行了两秒不到的亲密接触，目光却又停留在旁边的电脑上，怎么也挪不开了。

对了……她答应阿耐的游戏视频还没有弄完！

脑海中缓缓浮现阿耐暴跳如雷的面孔，好像下一刻她就会从电脑的另一边跳出来对她进行长达几个小时的思想教育一样。

叶晓绫将脸埋在枕头里又是一声哀号，她挣扎从床上爬起来，满脸黑线地打开了电脑，熟练地点开《血战》的图标，打算一鼓作气将所有事情都解决再心安理得的好好休息的时候，屏幕上再次跳出了闪烁的对话框。

不吃咸鱼的黑猫？

叶晓绫有些发怔地看着这个之前莫名邀请自己对战，又莫名消失不见的可疑人士，心脏又不安地扑通扑通起来。

她还以为这件事已经彻底翻篇了呢！

对话框中“不吃咸鱼的黑猫”语气一如既往的浮夸，先是连续轰炸了几个愧疚脸红的表情，随后一边道歉一边解释："之前这边出了点问题，所以忘记回复你了，亲爱的乱码君，接受了我的挑战就不要后悔！"

叶晓绫默默地盯了屏幕半晌，先是噼里啪啦地敲出了"抱歉，挑战可以作废吗？"几个字后，手指又停在"enter"键上，怎么也按不下去了。

虽然接受挑战的回答是吕颜冲动之下发出去的，并非她本人的意愿，可对战这种事情……最好还是不要随意改变吧？

于是她想了想，还是将打好的字全部删除，反而谨慎地问道："那么现在开始比赛吗？"

如果只是进行一场游戏的话还是没什么的。

"不吃咸鱼的黑猫"又很快回复："今天我没有时间了。"

叶晓绫张大嘴巴，颤抖着敲打着键盘："那你为什么这么积极？"

这个人真的是莫名其妙！明明是他先发起的挑战，怎么连对战的时间都一直向后推呢？

"真的、真的很抱歉！毕竟你是那么厉害的大神，虽然我没有时间，可对战的事情总要确定下来啊！否则你反悔了怎么办？我可不想错过这次难得的机会！"对方理直气壮得让人牙根发痒。

呼！

叶晓绫对着屏幕深吸一口气，想要达到跆拳道中最无敌的忘我境界，可偏偏答应了人家的事情还不能出错，她咬着牙将怒火全部发泄在键盘上："你到底要怎么样？"

"在你的微博上发出接受挑战四个字！就算我们的约定达成了！"

"就这么简单？"叶晓绫不敢相信。

第四章 神秘挑战引发的微博热搜

这家伙绕了这么大的圈子，要的就是这样的约定？

“当然，看到你的微博后，我也会立刻应战的。”“不吃咸鱼的黑猫”立刻殷勤地回答。

不久前还被袁野的事情折腾得晕头转向，这次又被这个精力十足的怪人弄得不知所措，叶晓绫只想着早点结束这次的“荒唐事件”，甚至忘记和阿耐商量，干脆爽快地登上了微博，飞快发送了“接受挑战”四个字。

这下总该结束了吧？

她只想好好睡个觉而已……

看着微博下面粉丝的疑问如潮水般的暴涨，叶晓绫一边将剩余的游戏视频做好，一边留意着微博和“不吃咸鱼的黑猫”的回复，可除了评论点赞的数量以疯狂的趋势向上拔高之外，挑战者却又没了动静。

对话框静悄悄的，再也没了闪动。

不管了，先把游戏视频录好吧。

叶晓绫努力让自己沉浸在游戏里，最后的对局结束，她才有空看了看屏幕右下角的时间，心中有在思索这是不是第二场无聊的恶作剧。

这时，桌上的手机发出了刺耳的响动，打破了夜晚最后的宁静。

嘈杂的音乐干扰着睡眠的神经，不祥的预感在心中逐渐升腾，叶晓绫的视线缓慢而又迟疑地拉长，最终定格在屏幕的名字上——

是阿耐！

她这么晚打电话要做什么？

叶晓绫忐忑地抓起手机，在接通的零点零一秒后就听到了阿耐带着龙卷风般摧毁力的尖叫：“叶、晓、绫——你难道疯了吗？”

袁野的朋友古南不是曾经塞给她这样一张名片吗？如果在微博上私信联系的话，狡猾的袁野一定不会很快回答的，还不如通过古南……

想到这里，叶晓绫一个箭步迈到了桌旁，按照名片上的电话发过去短信：约战的事情到底是怎么回事？请替我向袁野发问，这样做不会太卑鄙了吗？

哼哼！既然他能做出这种令人发指的事情来，想必就不需要她先行挑明自己的身份了吧？

果然，古南的短信很快回复：不要激动，明天早上八点，一起在商场的星巴克见面详聊。

叶晓绫一声冷笑。

这么简单就邀请她见面详谈，连她的身份也不再确定了，看来他们真的是做好完全的准备了！

于是她同样回复：就这么定了。

因为过度的紧张和激动，心脏久久没有恢复正常的跳动，叶晓绫调整好呼吸，将手机丢回床上，逼迫自己将状态调整到最佳，因为明天……

她握紧双拳，将被子的一角扯出了密密麻麻的褶皱。

一定会有一场极其艰苦的战斗！

她要毫不留情地戳穿袁野那张卑鄙的面孔和计划！同时让他远离自己敬爱的大师兄凌铮！

梦中的叶晓绫痛快地挥舞着双拳，用尽了毕生所学的十八般武艺将袁野打得鼻青脸肿，跪地求饶，以至于第二天早上七点半的时候，根本不用闹钟的提醒，她就神清气爽地从床上弹起来，在提前交代过大师兄后，朝着商场的星巴克赶去。

第四章

神秘挑战引发的微博热搜

清晨的空气不如午后那般燥热，鼻尖间流淌着花草的清香，让人的头脑也渐渐变得清晰起来。叶晓绫迈着坚定的步伐，高束的马尾随着她有节奏的脚步在半空中飞扬，划出道道绚丽的光芒。

八点十九分！

已经站在星巴克门前的叶晓绫仔细地看了下手机上的时间，却没有推门，只是站在透明的玻璃窗前张望。

忽然，她的眼睛一亮！

这个时间的咖啡厅还没有太多的顾客，所以她几乎是一眼就看到了坐在角落里的袁野和古南。

袁野随意而优雅地靠在还算隐蔽的座位处，清爽干净的黑发丝丝分明地垂在脸侧，唇角挂着一抹云淡风轻的微笑，正同古南仔细地说着什么。

噌——

看到这张英俊的面孔，叶晓绫的火气又不受控制地窜起，几乎要飙到了最高的数值，想起昨晚那个痛快淋漓的梦，她先是活动了几下关节，刚要冲进去和他理论一番，却在看到玻璃反映出来自己的身影时，突然意识到了一个恐怖的问题！

她是不是……有些太冲动了？

虽然袁野如此兴师动众地在微博上向她发起的挑战，可并不代表袁野已经知道乱码的真实身份就是她叶晓绫啊！

一颗豆大的冷汗做额角滑落，叶晓绫的脸色瞬间变得苍白起来。

受到凌铮的影响，加之被约战欺骗的愤怒，叶晓绫完全忽略此次事件的严重性——那就是她一直以来都小心隐瞒的身份！

所以在昨天晚上，古南连她的名字都没有问就痛快的决定和她见面！

这一切的一切都是一个巨大的圈套！

叶晓绫，你真是个冲动的笨蛋！

耳边是嘈杂却模糊的人声，她却只能听到自己擂鼓一般的心跳，掌心同样因为紧张渗出了潮湿的冷汗，她警觉地观察着袁野的每一个表情和动作，打算不管三七二十先逃离这个是非之地的时候，正在微笑的袁野忽然不经意地朝着她的方向一瞥，随后唰地从椅子上站了起来！

隔着二十米不到的距离，叶晓绫已经清晰地感受到他的表情在发生着明显的变化，浅褐色的双眸逐渐转浓，变得愈发的晶亮夺目起来。

怦怦！

心跳的力量骤然加大，叶晓绫感到有无数只金星在眼前乱蹦，心中只响起了一个声音：完蛋了。

身边的一切似乎都变成了电影中的慢动作，叶晓绫迅速抽回僵在门上的双手，先是送给袁野一个硬邦邦的微笑，随后——

迈开大步！急速狂奔！

不管了！今天算她输了！总之她的身份绝对不能被戳穿！

转身的那一刹那，她看到袁野的眸中闪过一道极其犀利的光芒，胜券在握的模样，随后也紧跟着她的步伐不急不缓地追在身后，然后悠悠地拿出手机，似乎拨下了一个什么号码……

这家伙要做什么？这种关键的时刻还要打电话吗？

叶晓绫正疑惑着，却也不敢放慢逃亡的脚步，心中还打起了得意算盘：就算真的被捉到了，就说自己是碰巧路过总可以吧？

可这个想法刚刚落定，就听见口袋里的手机疯狂地响了起来，头昏脑涨的叶晓绫顾不得那么多，看也不看就接下了电话，还没等问出声来，袁野的低沉的声音就从电话的另一端传来：“乱码大神，跑什么？”

叶晓绫先是一愣，随后面目扭曲地转过头去，奔跑的速度也开始一点点的放慢，果然看到身后的袁野轻松地迈着一双长腿，勾起嘴角，速度平稳地朝着她的方向缓缓走来。

他明明在笑，笑容的弧度是那样的温和而优雅，可随着两个人距离的接近，早已身经百战、面对无数敌人都无所畏惧的叶晓绫竟感受到了前所未有的恐惧——

她的秘密可能要守不住了。

2

在袁野的强势带领下，叶晓绫灰头土脸地跟在他的身后，重新走回了星巴克那个隐蔽而僻静的座位。一直坐在那里丝毫未动的古南也早有准备一般，脸上的笑容愈发的得意，手指扣在杯子上发出清脆而有节奏的响动声。

“嗨！晓绫！又见面了！”不知为什么，此刻听着他的声音，叶晓绫总觉得他非常的欠揍，“我说过总会有机会的吧？”

袁野淡淡瞟他一眼，动作自然地先为叶晓绫拉开椅子，微笑着开口：“你这个年纪的女孩都喜欢甜一点的东西，自作主张给你点了草莓星冰乐，先坐吧。”

叶晓绫倔强地抿起双唇，看着眼前那杯清爽诱人的饮品，却觉得心中的怒火在以不可阻挡的趋势飞快地膨胀，滚烫的温度将她的喉咙都烧得沙哑干涩。

为什么……他们看起来可以这样淡定？

面对被欺骗的自己，难道他们就没有丁点的愧疚感吗？

“怎么了？哪里不舒服？”没有得到回答，袁野不禁皱起眉头，耐心地继续追问。

她看上去怎么又变得那么……危险了呢？

“当然不舒服。”叶晓绫心直口快地回答，“看到你们就会很不舒服，你们就没有什么要对我说的吗？”

“哈——袁野！她生气了！”古南不知死活地出声调侃。

袁野的眸中掠过一丝了然的光芒，随后同样无奈地抿了抿唇，叹着气说道：“用这种方法确定你的身份的确是我们不好，可除此之外又找不到可以联系你的方式，我先道歉，你不要生气，好吗？”

低沉悦耳的声音犹如一段柔婉舒缓的琴音，一点点安抚着叶晓绫内心委屈与狂躁。

她嘴唇颤动了几下，还是小声地说出口来：“那你之前跟踪凌铮也不是偶然，全都是计划好的？”

袁野的目光有些躲闪，却还是点了点头：“没错。”

因为当时误以为凌铮才是真正的乱码，所以当叶晓绫出现的时候他也并没有想那么多，只认为她是一个无关紧要的人而已。

而且……

袁野的神色再次变得凝重起来，明亮的双眸重新落到叶晓绫的身上。

谁能想到，那位拥有着极其出色的操作技巧、被许多玩家都称为电竞大神的人也许是这样一位年轻木讷的少女？

虽然多重证据都已经精准地指向了叶晓绫，可袁野仍然不敢相信这个真相。

修长的手指在咖啡杯上绕了绕去，袁野思索半晌，刚想继续问出口来，却见叶晓绫愤愤地抬起头来，眼角微微发红，胸口也剧烈地起伏着，浑身上下都散发着一种极尽狂暴的怒气，就连坐在不远处的客人都忍不住朝着这个方向频频张望。

干什么？

几次吃过苦头的袁野立刻绷紧了神经，下意识地做出了防备的姿态。

他膝盖的伤口还没痊愈呢！

“你们——真的是太过分了！”毫不在意其他人的目光，叶晓绫似乎用尽了浑身的力气，一字一句地说出来，“既然你承认跟踪凌铮不是偶然，那就说明，你对凌铮心怀不轨对不对？”

她充满了愤怒的吼声在寂静的咖啡厅中荡漾开来。

袁野惊怔地瞪大双眼，下意识地反问道：“心怀不轨？”

他的耳朵是不是出了问题？

古南的一口咖啡也险些喷了出来，呛得不停咳嗽，他匪夷所思地望着叶晓绫涨红的脸颊，半天说不出一个字来。

叶晓绫的脑袋里到底都装了些什么东西啊？

看着眼前两个人千变万化的神色，叶晓绫误以为他们的心思和计划被全部戳穿，更是肯定了这个想法，声音也在不知不觉中翻了几倍：“别的不说，居然还想通过了解跆拳道的理由来接近凌铮！你知不知道，跆拳道在凌铮的眼中也是非常神圣的东西，你竟然……”

“等一下！你知不知道自己到底在说什么？”袁野的精神已经接近了崩溃的边缘，唇角也透出死灰般的白色。

叶晓绫昂首挺胸地同他对视：“当然！还有！想要知道我的身份也不需要用这么LOW的方法吧？微博约战？其实是为了炒名气吗？袁野……你……”她鄙夷的目光久久地在他身上停留了很久，“我绝不会把大师兄交给你这么可恶的人！”

激烈的指责声很快吸引了为数不多客人们的注意。

袁野呆若木鸡地僵坐在椅子上，平日里的气势与优雅竟然被叶晓绫几句话简单击破，深邃的双眸也仿佛失去了原有的光泽，绝望的黑暗光芒挣扎着闪动几下，然后扑哧——全部熄灭了。

古南的表情非常怪异，非哭非笑，一只手死死捂着肚子，嘴角不停地向上抽搐着，每次想要说什么，却又被想要狂笑的冲动深深压了下去。

“喂……那人不是袁野吗？”不明真相的围观群众在举起手机的同时终于悄悄发出了质疑。

袁野的眉头一跳，嘴唇颤了颤，没有说话。

“刚刚那个少女说什么？”群众的议论再次响起，“他对谁心怀不轨？”

“嘶——”倒吸冷气的声音，“听名字不对啊？”

“怪不得他一直没有女朋友，原来是这个原因啊……”仿佛洞悉了一切的感叹。

在窸窸窣窣的议论声中，袁野的脸色变得比纸还要苍白，他咬着牙闭上双眼，保持着最后的理智，从牙缝里挤出几个字来：“你可不可以放低一点声音……或者……”他艰难地喘了几口气，“我们去更安静的地方说吧？”

继续待在这里，这些围观者就会把他生吞活剥，连骨头都不剩了！

更可怕的是如果这些骇人听闻的事情传到了父亲的耳朵里……

古南也终于意识到了情况的可怕，硬是将笑容再次憋了回去，起身走进围观群众中好言相劝：“麻烦大家把手机里的照片和视频全部删掉好吗？”

围观群众连忙装作事不关己的模样打了几声哈哈，却还是有人意犹未尽地在不远不近的地方徘徊。

无声的压力在安静的咖啡厅中涟漪般的扩散开来，叶晓绫和袁野沉默地对视了很久，似乎可以听到对方的呼吸声，挑战着每个人已经逼近边缘的耐心，就连一向没心没肺的古南都觉得大事不好了。

“我们换个地方说？”古南也试探着询问。

叶晓绫如梦初醒地抬起头来，白皙的脸颊再次泛起蔷薇般艳丽的色泽，可眼中愠怒的神色却没有消失，她嫌恶地摇了摇头，清脆地拒绝：“已经没什么可说的了，既然挑战的约定已经生成，我是不会反悔的，时间你定，至于凌铮——”她刻意加重了语气，眼中闪烁着威胁的光芒，“不要再接近他了！”

袁野颤抖着扶住胸口，浓密的睫毛剧烈颤动：“不，我觉得还有一件事情必须要解释清楚……”

他真的不是叶晓绫口中的那种变态啊！

怪不得在花源馆的时候，他只是和凌铮多说了几句话，叶晓绫的态度就急剧转变，原来她早就在心中有了判定？

遇到过无数大风大浪都波澜不惊、以最快、最理智方法解决的袁野竟然破天荒地生出了一种手足无措的感觉，难道她这个级别的大神都比较难操控吗？

叶晓绫警惕地保持着和袁野的距离，再次拒绝了让他解释的机会，转身朝着咖啡厅的门外走去，离开前还不忘再次扔给袁野一个更加鄙夷的眼神！

她再也不想和这种人有更多的接触了！

身后的袁野浑身战栗地起身，一言不发地伸出手来想要扯住叶晓绫的胳膊，她鄙夷的眼神仿佛是摧毁他理智的一颗炸弹，甚至让他忘记了眼前的少女到底具有多么强大而恐怖的杀伤力……

下一刻，袁野的手指已经紧紧地扯住了叶晓绫滚烫的手腕！

他的指尖比想象中的还要冰凉，透过薄薄的皮肤，跳动的血管，她能感受到那丝丝缕缕的凉意正缓慢而细致地冻结了她身中每一个活跃的细胞，绽出一朵朵晶莹剔透的冰花……

叶晓绫双肩一颤，大脑的反射神经再一次出现了偏差，下意识地反扣双手想要将身后的袁野摔翻在地，可在这种异常关键的时刻，她的脚下居然很不给力地朝着左边微微打滑……

吱嘎——

无辜的咖啡桌先是狠狠晃动了几下，桌角摩擦着地面，发出了刺耳的响动，以排山倒海之势向她倒来，叶晓绫慌张地回过头去，更是忘了松开紧扣着袁野的双手，两个人一阵扭动，齐刷刷地朝着地面摔下去了……

糟糕！

叶晓绫恐惧地闭上双眼，下意识将身体缩成一团，想象中的疼痛却没有降临，只听到耳边一阵极其嘈杂的响动，随后脸颊微微发痒，仿佛被一阵带着清冷香气的微风拂过。

桌子……没有砸到她的身上吗？

第四章

神秘挑战引发的微博热搜

她不安地将眼睛撑开一条缝隙，首先映入眼帘的是垂在几缕摇晃的黑色发丝，刚刚弄得她脸颊发痒的东西……就是这个吧？

接下来……

叶晓绫咕咚一声，忍不住吞了吞口水。

袁野英俊而苍白的面孔距离自己的鼻尖只有三分之一拇指不到的距离，他正紧咬牙关，用尽力气双手支撑着地面，倒塌的咖啡桌砸在他的背上，同时还有那几杯仍然散发着热气的咖啡和掺杂着红色果酱的冰饮缓缓从他的背上滴落……

他用自己的身体，给她撑起了一片安全领域。

他滚烫而灼热的呼吸近在咫尺，混杂着咖啡浓郁的香气、来自他身体和衣领间的清冽香水的味道，形成了一种奇异的冲突，仿佛整个世界都随之陷入了莫名的癫狂。

叶晓绫觉得有两团火焰在她的脸颊上热烈地燃烧着、舞蹈着，连带着身体的血液都沸腾了起来……

发生了什么？

刚刚是袁野挺身而出保护她了吗？

而且他们现在……离得好像有些太近了吧？

三番五次的成为突然事件的中心人物，这次的巨大的响动再次吸引了更多顾客的注意，原本还打算上前帮忙的古南只能哭笑不得地叹了口气，继续去处理视频和照片的事件了。

袁野搞出的乌龙……就叫他自己解决好了！

咖啡的杯子可怜巴巴的地上骨碌了几周，终于停在了不远的角落里，叶晓绫躺在冰冷的地面上，也不知费了多大的力气才勉强吐出几个字来：“你、你、你不要以为救了我就可以接近凌铮了，我绝对不对同意……”

袁野脸色铁青地打断她：“你难道就不能听我把话说完？”

随着他微怒的斥责，温热的吐息再次贴近她已经烧得滚烫的耳朵，叶晓绫受到了惊吓一样闪电般地伸出手将袁野推开，连滚带爬地向后退去，一副拒绝的表情，脑袋摇得像拨浪鼓：“现在你说什么，我都不会相信了！”

说完，她完全无视掉周围形形色色的目光，抓起地上的背包，横冲直撞地跑出了咖啡厅。

安静的咖啡厅中，袁野面无表情地坐在地上，眸中浮现一抹幽暗恐怖的色彩，仿佛一场海啸欲来前的宁静。

褐色的咖啡浸湿了衬衫的大片，还有几滴从不急不缓地顺着他发丝的轮廓一点点滴落。

他好像——马上就要爆掉了一样。

看到这样的袁野，古南的心中也有些打怵，他想了想，还是忍不住上前问道：“怎么样？这个‘乱码大神，你还想要吗？”

袁野默默地拿起古南递来的纸巾，一下又一下地擦拭着发丝上的咖啡，过了很久，才咬牙切齿地回答：“当然要！”

古南敬畏地看着他：“你够厉害！”

袁野没有回答，只是手上的动作逐渐变得缓慢。

为了查清乱码的身份，他无缘无故吃了多少的亏暂且不说，对方竟然还将他误认为是为了凌铮而不择手段的变态？

无论如何，他都一定要让叶晓绫加入自己的电竞团队！

第四章

神秘挑战引发的微博热搜

3

宽敞的人行路上，叶晓绫横将身体里的强力马达施展到了极限，横冲直撞地一路朝着花源馆的方向跑去。

头顶的阳光已经变得滚烫起来，随着气温的升高，她脸颊上那种仿佛火烧一般的温度也在阳光的烤灼下愈发难熬。

她奔跑的速度极快，只觉得心脏中好像住着一只张牙舞爪的小怪兽，随时都会狰狞着、怪笑着跳出来！

绝对不可以让袁野再接近凌铮了！

约战的事情是她没头没脑，微博上既然已经炒到了最热，没有选择的余地，痛痛快快的打一场又能怎么样？

与此同时，袁野那张英俊的面孔再次浮现，他的笑容一如既往的优雅而温柔，眸中似乎有星芒闪动，正一点点、一步步地朝着她的方向接近……

呼！

叶晓绫深呼吸，又一次加快了脚下飞奔的步伐。

她可不敢保证凌铮会不会败在这样的笑容下！

短短十分钟的时间不到，叶晓绫已经站在了花源馆微敞的门前，她焦急地四处张望，发现刚刚结束课程的凌铮正笑眯眯地整理地上散落的护具，几天不见的吕颜也满面笑容地围在他的身边帮忙打扫。

叶晓绫的动作不由放慢下来，看向凌铮的目光也多了几分怜悯。

阳光洒脱的凌铮怎么就会惹到袁野那么恐怖的人了？

正说笑的吕颜率先发现了叶晓绫，她先是吃惊地上下打量了她一下，然后疑惑地问道："晓绫，你的脸怎么这么红？"

凌铮也关切地向她望来。

不知道为什么，叶晓绫竟然失去了和凌铮对视的勇气，满肚子的话也不知道该怎样开口，

于是她只能将所有的希望全部寄托在吕颜的身上，如果是吕颜的话，应该会比自己委婉很多吧？

叶晓绫讪讪地笑了笑，干脆扯起吕颜的胳膊，鬼鬼祟祟地将她带到自己的房间里，面色凝重地说道："凌铮遇到危险了。"

"哈？"吕颜正琢磨着叶晓绫是不是又吃错了什么药，看她竟然少见地露出了这样严肃的神色，却一个没忍住，笑出声来。

凌铮遇到危险？这怎么可能？

他的武力值虽然不如叶晓绫，可一般的坏蛋遇到他应该也会被收拾得很惨吧？

"你要相信我，他真的被非常危险的人物缠上了……"叶晓绫刻意压低了声音，"就是那天我们在商场碰到的袁野啊！"

吕颜微怔，随后又发出了夸张的大笑："叶晓绫！你到底在说什么啊？为什么会和袁野扯上关系？他们根本就不认识，凌铮怎么可能惹到袁野？"

她今天不会真的烧到头脑都不清楚了吧？

叶晓绫心急如焚，干脆扑上前去一把按住吕颜的肩膀："我的意思是——袁野对师兄心怀不轨啊！"

难道一定要把话说得这么清楚吗？

第四章

神秘挑战引发的微博热搜

无论多少次，她都觉得难以启齿啊……

吕颜的眼睛眨了眨，再次爆发出震耳欲聋的笑声，整个人在床上滚来滚去，被呛得很久都说不出话来，完全没有在意对面叶晓绫的脸色变得越来越难看，头顶已经冒出了滚滚的浓烟。

“不、不是我说！你的想象力真是……”吕颜抬手抹去眼角的泪水，上气不接下气地喘了喘，从口袋里套出手机滑动几下，“虽然不知道你为什么会这么说，可人家袁野是什么人物？”

在看到她不善的面色时，脑子里却想起了另外的事情：“对了！我还忘了问你，你怎么和袁野一起炒上微博热搜了？你不会是因为这个才刻意黑人家的吧？”

“我没有刻意黑他。”叶晓绫不高兴地嘟囔，“他是真的对凌铮图谋不轨。”

吕颜嗤笑着瞟她一眼，根本没将她的话放在心上，只想找出微博热搜的内容问个明白，可手指在屏幕上又划动了几下，她整个人就仿佛被定在那里一样，动也不动了。

她嘴角的笑容逐渐变得凝固起来，目光锁定在屏幕的某个点上仔细辨别了很久，忽然发出一声刺破耳膜的尖叫！

叶晓绫预感到大事不好，不由分说一把抢过手机，却在看清上面内容的那一瞬间，瞳孔剧烈地摇晃了几下！

微博热搜第一的话题改变了！不再是她和袁野约战的话题，而是——

袁野性向！

而其中点击和评论量最高的热门内容则是几张清晰的照片和一段人声嘈杂

的视频，虽然照片只是可以勉强辨认出叶晓绫和袁野争执的身影，可视频的内容，正是他们在咖啡馆的谈话……

她愤怒又熟悉的指责声从视频中传来，回荡在寂静狭小的房间中，身边的吕颜表情复杂地盯着她看了半晌，还是哆哆嗦嗦地问出口来：“晓绫……你……原来真的没有开玩笑？”

叶晓绫没有回答，她失神地捧着手机，好像整个人完全进入了旁若无人的放空状态。

袁野……一定会杀了她吧？

第五章

欢 迎 来 到 电 竞 新 世 界

1

整整一下午的时间，叶晓绫都没有勇气再去点开微博的热搜，因为好像无论过了多久，第一条热搜“袁野性向”都久居不下，反而有一种愈发火热的气势。

袁野身为国内著名企业家的独子，加之外貌条件极其出色，年纪轻轻就手握一支口碑极佳的电竞团队，这些光环全部套在他的身上，想让他不引人注目都很难吧？

更别说突然爆出了这样一条“花边新闻”……

想起早晨在咖啡厅的争执，叶晓绫不由得有些小小的愧疚，她六神无主地靠坐在道馆的角落里，拼命安慰自己：这是袁野自讨苦吃，不是吗？

或许经过这件事情后，他就不再对凌铮抱有任何幻想了。

得知了事情来龙去脉的吕颜更是不敢轻易说话，她到现在都不敢接受这个堪比电影和小说的剧情发展。

袁野的脑袋是出了什么问题吗？竟然会看上凌铮？

看来这些有钱人的癖好还真的有些奇怪啊……

“你说这件事情到底要不要凌铮知道？”无法忍受这样的寂静，吕颜还是忍不住悄悄开口。

叶晓绫茫然地转过头来，呆呆地嗯了一声，却又很快摇头拒绝：“不要！

他根本没有办法处理感情上的……突发事件好不好？”

吕颜干笑几声：“你还说别人？明明自己也是一根木头吧？”

说到这里，吕颜忽然觉得胸口发闷，心酸得想要落泪。

这对师兄妹活了这么多年，在感情方面却全部处于尚未开化状态，否则她也不会苦苦追求了凌铮这么久，对方还天真的将她当成神一般有用的队友……

叶晓绫有些不服气地挺起胸膛：“不要转移话题！现在正在讨论凌铮的问题！”

“我的小姐！这种问题光是讨论会有结果吗？”吕颜无奈地摊开手，“袁野那么大的背景，如果真想要做点什么事情，是我们能阻拦的吗？”

叶晓绫顿时语塞：“只要想办法……”

“想办法靠的是大脑！不是用嘴巴说！”吕颜伸手在她的额头弹了弹，眼角却朝着凌铮的方向瞟了瞟，“还是不要告诉他了，看看袁野下一步会有怎样的行动吧。”

既然吕颜都这样说了，叶晓绫更是没有合适的办法，只能垂头丧气地点了点头，两个人带着怜悯的目光齐刷刷地落在了凌铮的身上，盯得他浑身发冷。

这两个丫头到底在搞什么？

他刚想问出口来，却见吕颜立刻换了一副面孔，洋溢着大大的笑脸朝他挥了挥手：“那我就先走了！有空会再来的！”说完，又利落的在叶晓绫的肩膀上一捶，严肃警告，“表情别那么僵硬！”

她的表情很僵？

叶晓绫抬手揉了揉脸部僵硬的肌肉，却露出了一个比哭还要难看的微笑。

绝对不能……让凌铮看出破绽！

看着吕颜轻盈的身影蝴蝶似的远去，叶晓绫忽然悲惨地觉得自己肩上的压力好像越来越重，甚至和凌铮独处下去的勇气都没有了，直接拿出“做游戏视频”的理由做挡箭牌，一声不吭地回到了房间。

啪——

心烦意乱地打开了电脑，熟练的登录游戏，手指却在鼠标上微微颤抖，屏幕下方的对话框连续闪动了好几下，阿耐的名字弹了出来，疯狂刷下来十几条的消息，都是在追问微博热搜上的事情。

“晓绫！你真的决定和袁野对战了吗？微博热搜又是怎么回事？你们对战的时间有没有约定好？”

后面还连带着数不清的感叹号。

叶晓绫耐着性子一条一条的回复：“决定了，时间他们决定，至于其他的……”

她也不好说什么吧？

阿耐发来一连串的省略号，继续问道：“现在大家都对你们的对战充满期待呢！喂，要我说的话，就选在这个时候公开你的身份吧！一定会引起更大的轰动！达到更好的炒作效果……”

一说起这件事情来阿耐就变得滔滔不绝，比平时唠叨几十几百倍。

看到“炒作”两个字，叶晓绫不知怎么感到莫名的心烦，她紧皱眉头，义正词严地拒绝：“不行。”

她绝不会拿自己喜欢的东西去做话题！

阿耐沉默了一会儿，继续不甘心地劝着：“其实要大家知道你是女孩子也没什么啊？得到更高的关注度不是很高兴的事情吗？”

叶晓绫叹了口气，她已经不想再和阿耐讨论这件事了，她真的很累了。

于是她言语简洁的回答：“我只是喜欢这款游戏而已，阿耐，你不要再说了，我先去休息了。”

按下发送键后，叶晓绫不再等阿耐的回答，而是直接关掉了电脑，一头栽倒在床上。

搞什么！连打游戏的心情都不见了！

她唉声叹气地在床上翻滚了几圈，又不死心的将手机拿出来，屏住呼吸，慢慢点开微博……

热搜第一的名字仍然没有变化，几个刺眼的小黑字就那样清晰地印在她微颤的眼瞳中。

看来这场风波……要很久才能过去了。

不知道袁野那边现在是什么状况？按照他的身份来看，应该是被媒体吵翻天了吧？

愧疚的小情绪一点点在心中蔓延，叶晓绫难受地抽了抽鼻子，想要早点入睡，却总是忍不住拿出手机刷新微博的热搜，于是在这个漫长的夜晚，每隔两个小时她就会条件反射一样的按亮屏幕、叹气、按灭、再次按亮……

就这样一直重复到第二天早上，叶晓绫顶着两只巨大的熊猫眼，瑟瑟发抖地看着热搜第一的位置仍然没有任何改变。

她握紧了手机，将牙齿咬得发酸……

不管了！

她到底在愧疚个什么啊？她只不过是说出了“事实”而已！

要怪就怪袁野那个家伙的行为不轨！这是他应得的惩罚！

虽然心里这样想，但叶晓绫还是感到一丝丝抹不去的心虚，加之整个晚上都极度缺失睡眠，走路的时候都像踩在软绵绵的云朵上，她强打起精神将花源馆的大门打开，却睡眼蒙眬地发现一个修长的身影正懒懒地靠在门边，眼眸低垂，望着门前的一颗柳树出神。

晨时的空气掺杂着难得的清爽与凉意，还残余着露水和花草的气息，叶晓绫不敢相信似的瞪大双眼，看着那个身影似是微微一动，在初升朝阳的光芒下缓缓回过头来，扑朔的睫毛恍若透明的一般。

袁野……他怎么又来这里了？

2

清晨的花源馆十分安静，窗外街道的行人正少，澄净的阳光铺洒在整洁的大厅中，馆内也没了孩子们笑闹练习的声音，却不时能听到树上鸟儿清脆的歌鸣。

叶晓绫的目光停留在袁野的身上足有十秒的时间才回过神来，她先是清楚地感受到自己的心跳漏掉了一拍，好像碰到了什么十分棘手的敌人一样。

这家伙……果然找上门来了吗？

袁野的脸色依旧有些苍白，眼底还印着一抹疲惫的乌青，可在看到叶晓绫的那一刹那，他还是下意识地弯起嘴角，露出一个礼貌性地微笑：“早上好。”

“早……早上好……”原本已经竖起十二分敌意的叶晓绫听着他沙哑的声音，刚刚压下心头的愧疚一瞬间又涌了上来，说话的语气都软了不少，“你怎么会来？”说到这里，她又扬着下巴强调，“这个时候凌铮不在！”

袁野身子一顿，咬着牙想要辩解什么，最终却还是有气无力地回答：“我是来找你的。”

第五章

欢　迎　来　到　电　竞　新　世　界

她可不可以不要再说什么关于凌铮的事情?

因为那个莫名其妙的微博热搜，他不仅要被古南嘲笑，更是被那些记者缠得无处可逃……

看来叶晓绫的杀伤力可不止体现在武力值上啊……

叶晓绫狐疑地打量袁野，明显对他说出口的话很不信任：“那你是来找我商量比赛的事情？”

袁野再次从她的眼中看出了“变态勿近”的味道，他拼命忍住吐血的冲动，收敛了唇边的笑容，一字一顿地说道：“叶晓绫，我不喜欢凌铮。”

“啊？”她被他严肃的语气吓了一跳。

他褐色的双眸中浮现了一丝坚定又明亮的光芒，一步步朝着她的方向逼近：“一直以来，我要找的人——都是你。”

他走路的姿态非常优雅，速度却在无形中渐渐加快，以至于随着他距离的接近，她甚至可以听到他有力而充满节奏感的脚步声。

“你说什么……”她的声音都变得迷蒙起来。

“我们一直想要揭开乱码的真实身份，用了很多方法，也进行了很多的尝试，最后是古南根据你视频的微小破绽还有每局对战的分析研究调查出了你原本的游戏账号。”他有些苦涩地勾起嘴角，“却发现这个账号的注册人不是你叶晓绫，而是凌铮。”

叶晓绫怔怔地应着：“你们一直以为凌铮就是乱码？”

所以那天袁野才会鬼鬼祟祟地跟在凌铮和吕颜的身后……

所以他才会借着了解跆拳道的理由和凌铮说说笑笑打探情况?

一切的一切，都是因为这个误会吗?

袁野凝视着她：“没错，我一直没想到乱码的真实身份，竟然是你。”

那个操作流畅、预判准确、就算陷入危险局势也不慌不忙带领队友轻松翻盘的操作大神……竟然会是这么年轻的一位少女！

在袁野的注视下，叶晓绫忽然觉得她身体中的血液再次燃烧沸腾起来，仿佛他的眸中藏着另一片她从未见过、从未想过去触碰的新奇世界将她慢慢吸引……

到底是什么，让他的眼中会出现这种强烈的感情呢？

她强忍着心中的震撼，细颤的声音却还是出卖了她的情绪：“你们为什么要找我？”

“你知道Nirvana吗？”袁野挑了挑眉，语气中带着淡淡的骄傲。

“是你的电竞团队。”她想也不想地回答。

或者说……了解这款游戏的人又有谁会不知道呢？

只见袁野的双眸愈发的明亮起来，随着他微笑的动作，脸侧也荡出了一个浅浅的梨涡：“叶晓绫，我想邀请你加入我的电竞团队，带领Nirvana在中国……不……乃至整个世界走向巅峰！”

听得出他话中的肯定，叶晓绫的脸颊瞬间烧得绯红，连连摆手：“你太高看我了！我只是很喜欢这款游戏而已……”

而且Nirvana这么著名又强大的战队怎么会缺少她这样一位可有可无的角色呢？

袁野一声轻笑：“如果不是肯定了你的操作技巧，我也不会费了……这么大的力气将你找出来的。”

现在看到叶晓绫，他的腿还不受控制地感到一阵酸痛……

想起之前发生的一系列荒唐误会，叶晓绫窘迫地垂下头去，不停绞着手指：“是我误会你了，真的很抱歉！”

第五章

欢　迎　来　到　电　竞　新　世　界

还一不小心将这件事情炒上了微博热搜！

她真的是闯了大祸！

袁野含笑望着他，声音如夏日的清风一般和暖：“没关系。如果你同意加入我的战队，我也会给你足够合适的报酬——”顿了顿，他轻轻地吐出了一个惊人的数字。

叶晓绫倒吸一口冷气，失声问道：“为什么这么多？”

电竞是这么赚钱的行业吗？

袁野也被她剧烈的反应吓了一跳，他思索了半晌，有些犹豫地问道：“你做的游戏视频反响也很不错啊，没有收入吗？”

毕竟她可是闻名电竞圈子的顶尖大神啊！

“我只是讲解角色，进行对局而已，视频制作和其他方面都是我的室友阿耐帮忙。”叶晓绫诚恳地回答。

袁野的眸中闪过一丝了然的光芒，他的嘴唇颤了颤，一副欲言又止的模样，最终还是没有说出口。

那些操作水平偏中上等的游戏主播有许多也已经可以靠着视频讲解带来不菲的收入了，他开出的条件虽然不低，却也不至于让她吃惊成这个模样吧？

看来是那个叫阿耐的室友在暗中搞鬼？

看着眼前叶晓绫仍处在茫然错愕的状态，瞪圆眼睛的样子好像一只机警的白兔，袁野暗暗思索：还是暂时不要告诉她比较好？

“其实这还不算多。”他干脆不着痕迹地转移了话题，“如果你在团队中的贡献和发展有了明显的进步……”

话还没有说完，只见叶晓绫突然没有忍住一样，捂着嘴巴，发出了一声带着调皮味道的轻笑，亮晶晶的眸子盯着袁野看了半晌，轻声说道：“你怎么说得这么认真啊？”

“嗯？”袁野一时愣住了。

认真？既然两个人已经有了合作的意向，这些事情难道不应该说得清清楚楚吗？

叶晓绫眼中的笑意越来越深：“我的意思是——我没决定要加入你的战队呀！”她灵巧地向后跳了几步，目光在寂静的道馆中四处游走，“我虽然很喜欢《血战》，可我唯一的梦想就是把花源馆变成这里最了不起的道馆！所以，可能就没有更多的时间去顾及其他了。”

《血战》是除了跆拳道外唯一一件可以让她再次感到热血沸腾的事情，可也只有跆拳道才能拿下她心中无可匹敌的梦想王冠啊！

梦想……

袁野眼中的光芒也逐渐明亮起来，心脏仿佛被谁重重地打了一拳！

是的，原来她也有自己想要坚持的梦想吗？

他甚至可以强烈地感受到她的信念是多么的强大，如果整个“Nirvana”团队也能受到她的影响……

袁野深深吐气，再抬头时，唇角的那抹笑容已经变得平淡而坦然起来：“先不要拒绝得太早，首先我想邀请你去参观一下我们团队的工作环境，还有很多成员……”他似乎是刻意拉长了声音，笑中又多了丁点促狭的味道，“还是你乱码的粉丝。”

叶晓绫回过神来，脸颊忽地又烧得通红！一丝丝清凉的甜意在心中滑过。

那么厉害的团队中竟然还有她的粉丝吗？

如果是这样的话……

她鼓起勇气，用力地点头，再点头。

她还真的很想进一步了解所谓的“电竞世界”呢！

3

晚晴大厦虽然不在市中心，可是临街口的位置和发达的交通枢纽位置却让它身价倍增，也成了整个市标志性的建筑。

叶晓绫有些局促地跟在袁野的身后，刷卡走进了这座大楼，好奇的眸子四处打量着，最终停留在23层公司门前巨大的“Nirvana”标志上。

虽然平日里只是听说，可这个标志她还是很多次见到过的，几个月前的与韩国队的比赛在网上炒得沸沸扬扬，她也全程关注了那场比赛。出场的几位成员年纪都不大，可操作却十分的娴熟，遇到困难时也异常冷静，几次化险为夷，打了一场漂亮的胜仗。

他们就是在这里每天进行训练的吗？

袁野并没有催促，而是含笑等待了一会儿，才轻声说道：“跟我来，他们日常的训练室在前面。”

叶晓绫克制住紧张的心跳，乖乖地点了点头，这样乖巧的模样引得袁野忍不住多看了她几眼。

要不是亲身经历过叶晓绫的那些暴力袭击，这样的她看上去就真的和一只精巧的布娃娃没什么区别。

以23层为基本，上下几层似乎都已经被买下重新装修，一走进去倒像是进入一栋复式别墅，很难让人联想到这居然是全国顶尖电竞团队的集训地。

两个人很快走进三楼所在的训练基地处。宽阔又明亮的走廊，脚下每一块雪白的瓷砖都被擦拭得发亮，四周整齐地分布着许多印着不同名牌、分工不同的房间，因为是早上的原因，房门大多都紧闭着，听不见任何的声音。

除了……

叶晓绫的呼吸开始变得急促起来，拉长了目光朝着尽头处一个巨大的房间望去。

在那里，熟悉的键盘碰撞、鼠标按压的声音由远至近，仿佛在呼应着她逐渐加快的心跳，模模糊糊地落在了耳边。

透明的落地门窗，她可以清楚地看到里面整齐地摆放着数不清的电脑，几位穿着同样款式、蓝白相交T恤的少年正精神饱满地坐在电脑前，即使是这样距离也能看到，他们的眼中正闪烁着光芒。

袁野笑吟吟地低声说道："这就是他们每天的练习室了，当然，内容不只是单一的进行对战……"

准备好的话还没有完全说出口，就见叶晓绫好像着魔了一样快速朝着练习室走去，兴奋地盯着其中一位年龄看上去比她要小上几岁的少年看了很久。

少年正聚精会神地操作着一款画面简单、内容却无比复杂的游戏。叶晓绫对这款游戏的变态有所耳闻，是锻炼反应和速度的最佳练习方法。

他的手指灵活地在键盘和鼠标上飞舞，过了很久才发现身边似乎有人出现，被吓了一跳似的回过头去，却在发现叶晓绫后，右手一歪，跳跃的小人立刻死在飞舞的炮火下了。

"啊……"叶晓绫有些不好意思地笑了笑，"我打扰到你了吗？"

被突然出现的漂亮少女"搭讪"，少年的脸立刻红得好像一个西红柿，结巴着回答："没、没有的。"

袁野也忍俊不禁地走到他们的身后，轻轻拍了拍少年的肩膀："木木，她就是你的偶像——乱码。"

第五章

欢迎来到电竞新世界

话音刚落，原本都在认真练习的几位少年全部向她投来了吃惊的目光！

那位叫木木的少年更是唰地从椅子上弹了起来，先是张着嘴巴瞪了她半晌，然后难以置信地反问：“乱码？乱码怎么会是女生……”

袁野自信地勾起嘴角，附身在叶晓绫的耳边低声询问：“怎么样？要和他们比一场吗？”

叶晓绫不经意地回头，正巧碰上他带有挑衅意味的目光。

与此同时，她的心中燃起了两道不服输的火焰！

比就比！

连最最激烈的跆拳道比赛对她来说都不是问题，一场普通的练习赛又能怎么样呢？

打开游戏，登录账号，选择“双人对战”，被幸运选中的木木激动得面红耳赤，总是忍不住看向身边的叶晓绫，最后还是袁野淡淡的嘱咐“任何比赛都要专心”他才勉强安静下来，仔细挑选着自己熟悉的角色。

其他的队员根本就无心继续练习了，眼前的人是谁？电竞大神乱码！这种精彩的比赛他们怎么可能错过？

袁野在旁边抱着双臂，漂亮的嘴角勾起一道满意的弧度。

看来要叶晓绫来这里参观，是最正确不过的选择。

角色选择完毕，比赛正式开始。

巨大的房间是这样的安静，仿佛可以听到时间在耳边蜗牛般一点点的流走。

木木的神色开始变得很奇怪。

又过了一会儿，他的呼吸也开始变得急促起来。

叶晓绫依旧气定神闲地切换着键盘上的技能按键，以令人瞠目结舌的速度点击着鼠标，控制屏幕上角色的移动的位置，然后潇洒地躲过了木木的一个高度伤害，随后反手一丢！

只见一个鲜艳的红圈将木木的角色禁锢在中心，随后是一阵极其激烈的光芒闪烁，木木英雄头顶的血条飞速减少，最终缩到了“零”的位置。

哗啦！

其他的队员都唏嘘不已，面面相觑——

这么狠辣犀利的攻击，鬼魅一般的走位，绝对是乱码大神没错了！

完全进入战斗状态的叶晓绫丝毫没有在意他们的反应，她非常自然地绕过了地上“木木的尸体”，优哉游哉地来到敌方的阵营，几下就把防御塔摧毁了……

看着屏幕上出现“胜利”的字样，叶晓绫顿时觉得浑身轻松，她伸了个懒腰，得意地转过头去，却发现袁野正靠在她的身后，平日里总是优雅犀利的双眸此刻却热烈得让人难以直视！

怦怦——

叶晓绫的心脏刹那漏掉了一拍！

为什么……

她好像在他的眼中看到了最明亮的星星？

就像是暗夜中升起的第一颗那样璀璨而耀眼。

4

比赛结束后，木木怀着激动的心情向叶晓绫要了签名，并丝毫不掩饰自己对她的崇拜：“你果然是最厉害的大神！以后……我还能经常见到你吗？”

第五章

欢 迎 来 到 电 竞 新 世 界

叶晓绫也非常喜欢这个努力认真的少年，可面对这样的问题却无法给他一个肯定的回答，只能模糊地笑了笑：“你也很厉害啊！每天这样练习一定很辛苦吧？”

虽然在很多人的眼中，电竞只不过是所谓的“游戏”而已，根本没人会在意他们背后的付出吧？

木木想了想，不好意思地回答：“虽然很辛苦，但是我真的很喜欢这个游戏！每次和大家一起比赛的时候都会很激动，大家一起努力作战，为了共同目标努力的感觉再好不过了，而且……”他眼角朝着袁野的方向瞟了瞟，神秘兮兮地压低了声音，“老大对我们也很照顾！比赛胜利后分给我们的奖金和报酬也很慷慨！游戏是我的爱好，也是我的梦想，同时还能贴补一些家用，对我来说是再幸运不过的事情了。”

他的语气是那么的真挚，听得叶晓绫心中暖融融的，于是她也忍不住鼓励地望着他：“你一定会越来越厉害的！”

其他几位队员也挤过来和叶晓绫讨论游戏中的操作和经验，而初次来到这里就受到了这么热情的欢迎，叶晓绫好不容易平复着内心的澎湃，跟他们聊完后，才慢吞吞地走到了一直安静等在走廊边中的袁野身边。

在叶晓绫接近的那一刻，袁野抬起头来，将眸中深深的疲惫隐去，习惯性地露出一个微笑，同时将手中的咖啡递过去，问道：“怎么样？有什么感觉？”

叶晓绫怔怔地接过杯子，缭绕在鼻尖的咖啡香气让她顿时清醒了不少：“感觉……这里和我想象的样子完全不同。”

虽然她非常喜欢《血战》这款游戏，但似乎却又从未去深入了解电竞在这个圈子。

木木说过，每一场对局在他们心中就是一场真正的战斗，不同的结果给他们带来胜利的喜悦，失败的悲伤，也让他们的生活变得多姿多彩起来。

对于他们来说，游戏并不是所谓的玩物丧志，而是他们心中的梦想。

而他们每天在为了这个梦想不停地努力着！

就像……她所坚持喜欢的跆拳道一样。

袁野的目光霎时变得犀利起来，一眼看透了她的心思，温柔地说道："每个人都有想要坚持的东西，只不过就现在的情况来看，玩游戏在很多人的眼中都是不务正业，而他们却要顶着这样的压力，咬牙坚持自己喜欢的事情。"他的声音变得愈发的温和起来，"而我将他们全部聚集在这里，并不是将他们当成一种赚钱的道具，而是希望他们的梦想可以在我的帮助下，以正确的方式继续延续，这不是很好吗？"

叶晓绫的内心世界也在他低沉的话语中变得棉花糖一样柔软，她捧着咖啡，轻声问道："那……你为什么要这样做呢？"

明明他在众人的眼中已经是那么难以触及了，优秀的父亲，令人羡慕的物质生活，一切的一切，看似都是那么的一帆风顺，他到底在追求什么？

袁野的神色不由一暗，眸中多了几分落寞的味道，声音却没有什么改变："我的梦想是做我自己。"

"嗯？"叶晓绫不解地向他望去。

袁野扬起下巴，淡淡地回答："我只是想甩开父亲带给我的光环罢了。"

看似光鲜亮丽的生活，却在无形中带给他巨大的压力。

从很小的时候，他每次努力把任何一件事情做到最好，得到最高的奖赏时，得到的并不是完全属于他的赞赏，身边的人总会带着莫名的语气感叹：不愧是袁程一的儿子啊！

于是他开始更加严苛的要求自己，哪怕最微小的事情都会追求最高的完美境界，当他以自己的能力开办了第一家游戏公司的时候，得来的却仍然是和曾经相同的质疑——

“有袁程一这样的父亲，做什么都很简单吧？”

“哼，不过是个坐享其成的富二代罢了。”

“如果有这样的老爹，世界首富的位置早就属于我了！”

四面八方的质疑将他淹没，他好像跌入了一个不见天日的海底，在这些蜂拥而来的“声讨”中慢慢窒息。

他无法忍受，更无法在这些匪夷所思的质疑中继续保持沉默。

而“Nirvana”的队员们喜欢游戏，喜欢电竞，虽然内容不一样，却也遭到了质疑。

只因为游戏带有娱乐性质，所以理所当然成了无数人鄙夷唾骂的对象，可是为什么游戏不能成为他们心中的梦想呢？

把游戏从消遣变成职业，甚至是以后为国争光的手段，难道不好吗？

所以，就算再辛苦，他也要以自己的方式，带着这些孩子坚强地走下去。

叶晓绫长久的凝视着袁野，她看着他原本有些暗淡的双眸忽然浮现一道光芒，它充满了不息的倔强，仿佛一支孤立于荒原中的花朵，再多的风雨飘摇也无法阻止它即将到来的绽放。

一股奇异的力量霎时灌注了她的身体和灵魂，内心中那个挣扎着的梦想与这股力量默契的回应着，越来越近……

她懂得这样的心情，哪怕心中的梦想是无比渺小的，哪怕可能实现的希望暗淡得几近透明，也要努力坚持下去……

叶晓绫握着咖啡杯的双手开始颤抖，原本的决定也开始动摇起来：好像加入袁野的战队，也并不是一件糟糕的事情吧？

这样想着，叶晓绫在脑海中不停思索着该如何开口，刚刚下定决心，却忽然听到一阵急促的脚步声从走廊的另一端传来，同时伴随着古南焦灼的劝阻：“叔叔！您先别激动，事情没您想得那么严重……”

他慌乱的语调打断了叶晓绫的沉思，她忍不住好奇地望过去：到底是什么事情能让古南变得这样正经？

“多余的话你不要说，我没有时间听你们那些无聊的解释。”隐含怒气的声音响起，听上去颇具威严。

听到这个声音，袁野的脸色骤然发生了巨大的变化，他修长的手指弯了弯，仿佛在克制着某种即将喷薄而出的恐惧一般，最终还是缓缓握成了拳状。

“叔叔！您也知道现在网络上说什么话的人都有！那些照片和视频都只是误会而已，我们会尽快处理掉的，毕竟现在正在风头上。”古南继续劝说，眼见着已经走到了叶晓绫的面前，先是一愣，随后立即露出一副“大事不好”的模样。

还没等叶晓绫开口问候，就听身边的袁野忽然低低地说了一声“父亲”，随即响起的就是一声清脆的响声！

啪！

一个有力的巴掌落在了袁野的脸上！

根本看不清眼前这位陌生的中年男人是怎样走到袁野面前的，叶晓绫惊怔地捂住嘴巴，感到一阵冰冷而凌厉的风从她的身侧拂过！

中年男人身上穿着黑色的西装，只看一眼就知道价格极其不菲。他的五官和袁野惊人的相似，只不过因为多了岁月的磨砺而更加的威严冷漠，浑身上下都散发着一股让人难以接近的强大气场。

第五章

欢　迎　来　到　电　竞　新　世　界

古南的表情十分纠结，却也不敢再次贸然上前劝阻，只能无奈地叹了口气。

袁野的身子晃了晃，表情却是出人意料的平静，他就那样挺直了脊背，安静地站在袁程一的面前，微微垂头，几缕凌乱的长发散在额前，看不清他眼中的情绪。

“见到我，连话都不敢说了吗？”袁程一慢条斯理地收回手来，上下打量着沉默不语的袁野，“你难道不打算和我好好解释一下，微博热搜上的事件到底是怎么回事？”

微博热搜？

叶晓绫震惊的目光再次转移到袁野的身上。

这个人是袁野的父亲吗？他口中的微博热搜事件不会是……

“这次的事件就如古南所说，误会而已。”袁野云淡风轻地解释着。

他这种无所谓的态度更是触怒了袁程一，他冷冷一笑：“误会？只是一件误会就炒得天翻地覆，你知道这件事不止给你的声誉、公司带来了影响，连我也受到了牵连，袁野——”他的声音瞬间加重，听得人不寒而栗，“当初答应让你放手去做，并不代表我会眼睁睁看着你胡闹，你简直太让我失望了！”

袁野的脸色又白了几分，叶晓绫清楚地看到他同样苍白的唇角似乎颤了颤，却还是什么都没有说出口来。

都是……因为她吗？

叶晓绫的心脏忽地缩成了小小的一团。

如果不是因为她的鲁莽和冲动，那件事情也不会炒上微博热搜，也不会传出这样荒唐的谣言，袁野也更不会被父亲责骂……

所以——

她屏住呼吸，目光清澈地抬起头来，毫不畏惧地望着眼前仍然怒不可遏的袁程一。

就让她来解释清楚吧！

第六章

光环笼罩下的阴影

1

沉闷的走廊，仿佛所有的空气都已经被抽得干干净净，每一个人——包括那些前一刻还在电脑前认真练习的队员们都忍不住小心翼翼地控制着自己的呼吸，目不转睛地朝着袁野的方向望来。

叶晓绫早就在心中做好了赴死的准备，她高高地扬起头来，鼓足勇气面向袁程一，脚下刚刚迈开一大步，却突然被穿插进来的一只手扯得一个踉跄！

等回过神来的时候，她已经站在古南的身边了。

“你搞什么？”叶晓绫惊魂未定地喘着气，声音不自觉地压低，“没看到他们已经在吵架了吗？”

而且袁程一的那个巴掌一定用了很大的力气吧？袁野的半边脸颊都已经红肿起来了！

如果她再不上前解释的话，情况只会变得更加糟糕……

古南无奈地瞪着她，声音压得奇低：“我才要问你搞什么！明明看到他们吵架了，还要跑去搅局吗？”

“你说谁搅局！”叶晓绫涨红了脸，“我只是要和袁野的父亲解释清楚而已！”

古南啧了一声，又犹犹豫豫地朝着袁野的方向看了看，最后下定了决心似的轻拍叶晓绫的肩膀：“我劝你现在不要插入他们父子的战争，对谁都没有好处的，具体情况……”他比了一个跟上来的手势，“听我慢慢和你说。”

看着眼前的局势一直处于极度僵化的状态，叶晓绫认真想了想，还是有些不放心的答应下来，一步三回头地跟在古南的身后，离开了冷冰冰的现场。

袁野他……不会有事吧？

叶晓绫的心脏仿佛也在这种速度中缓缓坠落，奇怪的是就连平日里嬉皮笑脸的古南也不再胡言乱语，面孔板得死紧，好像一张僵硬的扑克牌，直到他们走到了公司门厅，呼吸到第一口新鲜口气的时候，古南才大呼一声“吓死我了”，橡皮似的靠在椅子上，好像已经魂飞天外了一样。

叶晓绫也默默地坐到他的身边，率先开口问道：“现在可以说，为什么要拦住我了吧？”

鬼知道她面对那个可怕的中年大叔是鼓起了多大的勇气啊！

古南夸张地拍了拍胸脯：“你知道那个人是袁野的父亲吧？”

叶晓绫点了点头。

古南继续说道：“既然这样，他的身份也不需要我再解释了，我只想让你知道，就算袁叔了解了事情的真相，他对袁野的态度也不会有任何改变的。”

“为什么？”听到这个不公平的定论，叶晓绫眼中闪过一丝愤怒的光芒，不由问出声来，“真相难道不是一切吗？凭什么要让无关的人去承受不相干的指责呢？”

她的声音是那样的清脆而明亮，仿佛可以驱散世界上每个角落里脏污的黑暗。

古南心中一颤，情不自禁地坐直了身子，凝视着叶晓绫因为愤怒而微红的脸颊。

真是个单纯直爽的少女啊……

“重要的不是真相，而是事件带来的影响。”他耐心地解释着，“这次的事情炒得太大了，不仅袁野和公司的声誉受到了影响，袁叔那边多少也会被波及一些，这种时候就算澄清了真相，损失也是难以挽回的，更是会有很多围观网友怒斥这又是袁野为了搞大名气而捏造出的荒唐手段了。”

围观网友……

叶晓绫的脑海中立刻浮现出微博热搜上那些密密麻麻、每秒都在不停疯涨的评论。

好像真的是这个样子！

“那、那我们现在该怎么办？”叶晓绫急得说话都结巴起来，“都是我的错……”

古南安抚似的笑了笑：“已经发生的事情，就算再糟糕，都会有一个解决办法的——这可是袁野曾经对我说过的话，而且现在能做的，就应该只是等待了。”

“等待？”

古南点了点头：“其实袁野真的很辛苦，明明是那么优秀的一个人，却只能活在袁叔的光芒之下。这个公司，其实多半还是靠着袁野自己的力量打拼起来的，可你也是知道的，电竞这方面很多人都不看好，其中就包括袁叔，每次发生分歧或困难的时候，我们能做的，就只有等待了……”他的声音忽然多了点苦涩的味道，“等这段时间过去，再创造新的成功给他们看。”

叶晓绫似懂非懂地哦了一声，忽然又想起每次和袁野见面时，他苍白英俊的面孔上总会出现一闪而过的疲惫神色。

原来……那竟然不是幻觉吗？

“那你呢？是和袁野一样，想摆脱父亲的光环，还是真的喜欢电竞？”她有些好奇地问道。

古南和袁野的关系应该已经超越普通的好友了吧？难道只是因为这个，他才心甘情愿的陪在袁野的身边吗？

却见古南露出一抹无所谓的笑，懒洋洋地回答："我？只是觉得好玩而已，在我看来，快快活活的做一个你们口中的富二代，是最开心不过的事了。"

这种不正经的回答引得叶晓绫连续翻了几个白眼，更何况……他根本就是在说谎好不好！

之前阻止袁程一的模样明明那么焦急，谁看都知道他是发自内心的替袁野在担心！

看来这家伙是个嘴硬心软的人啊！

不过好在叶晓绫此刻完全没有戳穿他的心思，她满脑子都是刚刚发生的各种事情：队员们专注的练习、他们眼中期待的光芒，还有袁野微笑的面孔、袁程一愤怒的指责……

既然古南说，已经发生的事情就只有等待，那么为了补偿袁野，就让她加入吧！而且……

她的心中又泛起了一圈圈小小的涟漪。

在这里，她能感受到那些队员们从心中散发的热情，宛如太阳一般温暖，好像每次看到他们的笑容，她浑身就充满了用不完的力量。

最重要的是，如果能帮助袁野……

想到这里，叶晓绫更加坚定地咬了咬唇，转过头去，大声地说道："我决定答应你们的要求，加入的同时，还会给你们的队员做一些相关的操作指导，不过……"看着古南瞬间变得兴奋的神色，她连忙话锋一转，毫不客气地提出自己的要求，“大多时间我还是会以道馆为主的！”

毕竟将花源馆发扬光大，才是她终极的梦想啊！

只是为了调查“乱码”真实身份就已经筋疲力尽的古南听到了这个回答，兴奋得完全没有拒绝的理由，他不敢相信似的嗖地靠近了叶晓绫身边，反复确定：“你说真的？不会反悔吗？”

叶晓绫的耳膜被他振得嗡嗡作响，可看着他孩子气的表情却又忍不住笑出声来，刚想送给他一个肯定的微笑，就听到身后吱呀一声！

两个人都有些吃惊地回过头去，却发现楼梯口脸色阴沉的袁程一大步走了出来，淡漠的目光在叶晓绫的身上短暂的停留了一瞬，又很快移开，好像只是和空气接触了一秒一样。

几名同样身穿黑色西装的保镖寸步不离地跟在他的身后，随之而来的是表情平静，脸色却苍白如纸的袁野。

他只是随意走了几步，就简单停在了门前，写满了疲惫的面孔上竟然还能自然地露出一个礼貌性的微笑来：“下次再见，父亲。”

沙哑的声音落在叶晓绫的耳中，让她的心脏再次狠狠抽痛起来！

谁又知道刚刚在里面又发生了什么？

袁程一并没有回答，只是森然地回头瞟了他一眼，眼中的怒气还没有完全消去。

“袁叔叔，能听我说几句话吗？”

唰——

随着这句话的出现，空气中的温度再次毫无预兆地降到了零点。

袁野眸光一动，脸上表情终于有了细微的变化，仿佛净澈的冰面在无声中划开了一道极其细微的痕迹。

第六章 光环笼罩下的阴影

古南的肩一颤，好像被谁当头打了一棒！

叶晓绫这家伙……难不成是疯了？刚刚说的话难道都被她当成耳旁风了吗？

而当事人叶晓绫却完全无视掉这些形形色色的目光，再次勇敢地朝着袁程一的方向走去！

虽然古南已经说过，就算所有人都知道了事情的真相，已经造成的结果是没有办法挽回的，可是……

她倔强地扬起下巴，反复深深吐息。

她至少要让袁野的父亲知道这个真相，不能让他对袁野的误解继续加深！

在听到叶晓绫的请求后，袁程一的动作顿了顿，却丝毫没有回应的意思，身边的保镖却警惕地看着这个年轻却充满了活力的少女仍然迈着不可阻挡的步伐，一点点向他们接近。

“请离开这里，袁总还有其他的事情。”保镖一号终于忍不住开口制止，同时象征性地伸出胳膊来，结结实实地挡在叶晓绫的身前。

可是由于叶晓绫行走的速度过快，保镖一号有力的手指不轻不重地撞在叶晓绫“纤弱”的肩膀上，将她小小的击退了半步。

也就是在这无法预料的一瞬间，叶晓绫深藏在体内的机警神经，随着此刻已经无法按捺的激动情绪，全部——火山一样的——爆发了！

2

因为从小在父亲严苛的体能训练下长大，且经历过无数次极具标志性意义的跆拳道比赛，在叶晓绫的潜意识里，她已经完全养成了“只要遇到丁点危险，就会毫不犹豫出手”的冲动习惯，并且不分时间地点和……人物。

虽然每次冲动过后的结果都会让她悔得痛哭流涕，可这种习惯好像真的没有办法改变了……

其实在将保镖一号按倒在地的那一刻，叶晓绫的心中还是充满了愧疚的，可目瞪口呆的保镖二号和保镖三号根本没有给她忏悔的机会，整齐的一声怒吼，也气势不凡地挥舞着胳膊，想要将叶晓绫强硬拽离袁程一的身边。

可是……

短短十秒钟的时间不到，三位保镖全部被服服帖帖地摔在地上，他们看着叶晓绫的眼光，就好像看着来自火星的神奇物种。

袁程一从头至尾都冷漠至极的面孔也终于出现了变化，他的五官开始细微的颤抖起来。

叶晓绫尽量让自己的笑容看上去和蔼和亲一点：“你们不要紧张，我只是想和袁叔叔说几句话，我不会伤害他的啊！”

旁边的古南也不知是激动还是害怕，眼睛瞪得比铃铛还要大，嘴角一抽一抽的，不过仔细看去，他眼中幸灾乐祸的成分还是占据了大半，而袁野……

一直站在一边的袁野先是错愕地怔在那里，随后忽地爆发出一阵极其悦耳的低笑！

他的笑声起初只是从唇边不急不缓地溢出了几声，可随着他身体颤抖的幅度越来越大，笑声也变得逐渐明朗起来，直至笑到褐色的双眸都在微微发光！

他的笑声实在太过突兀，瞬间打破了此刻的僵局，也让袁程一从混乱中镇定下来，他瞪着袁野怒斥道：“你在笑什么！”

袁野一手扶住额头，唇角向上的弧度却越来越大了，他先是做了一个“抱歉”的手势，随后慢慢悠悠地走到了叶晓绫的身边，竭力忍住笑意，在她耳边轻声说："你做得很棒！"顿了顿，又刻意补充道，"我现在心情好多了。"

虽然知道叶晓绫做事有时候没头没脑，冲动得让人害怕，可是今天……

袁野含笑的眸子再次扫过狼狈的保镖。

她这种天塌下来也不会害怕的胆量还真是有趣呢！

至少这种勇气正是他所期盼的，不是吗？

叶晓绫只觉得自己再次搞砸了事情，正窘迫得无处可逃，却在袁野站在她身边的那一刻，所有的慌乱全部化作虚无的烟雾，慢慢融进空气中了。

丢失的勇气重新灌注进整个身体，叶晓绫转头朝着袁野露出一个要他心安的笑容，在众人紧张的目光下，再次走到了袁程一的面前。

灿烂的阳光带着金色的暖意洒在叶晓绫充满了朝气的面孔上。

袁程一不禁再次愣住，像是被她身上的某种力量吸引，竟然一时忘了张口拒绝，不小心就被她抢了先。

"袁叔叔，关于微博热搜事件的误会，全部都是我造成的。"叶晓绫略带愧疚地躬身道歉，"希望你不要再责怪袁野了。"

"哦？"袁程一好不容易回过神来，也找回了暂时丢失的理智，神色又变得很淡，"然后呢？"

这个姑娘……一看就是不谙世事的单纯模样啊。

"我知道这件事情造成的后果已经无法挽回了，可我不能让您继续责怪袁野，他为自己梦想付出的努力，是很多人都无法理解的，他真的是非常出色的……"

酝酿了许久的话还没有全部说完，袁程一就有些不耐烦地轻咳了一声，随后毫不客气地打断她："如果你想说的只是这些，那很抱歉，我不想再听下去了。"

叶晓绫微张的双唇有些尴尬地停在那里，最终还是选择乖乖闭上嘴巴，等待袁程一继续开口。

“很多事情并不是你们年轻人所想得那么简单，一个人是否努力、是否出色也并不是只能从嘴巴里说出来的，而是——”他抬手指了指自己的双眼，“要我亲眼看到，所以，这些话只是在浪费时间罢了。”

说完，袁程一的目光有些意味深长地在叶晓绫身上停留了几秒，转身离开了。

叶晓绫望着车子远去的身影发了很久的呆才发现，袁野和古南都复杂地盯着她看，前者更是一副欲言又止的模样，可唇角的那抹笑意却没有丁点消减的意思。

叶晓绫眯着眼睛笑了笑，毫不扭捏地向他们走近了一些。

她刚刚的样子一定蠢爆了吧？

不过袁野看她出丑的样子也不止这一次了，倒是并没有觉得有多难为情。公司的门厅里，只有他们三个人动也不动地站在这里，你看看我，我看看他，最终还是古南没有把持住，扑哧一声笑了出来，然后戏谑地望着袁野仍然红肿的半边脸，挑着眉笑道：“怎么样？还疼吗？”

袁野漫不经心地瞥了他一眼：“你说呢？”

古南打了个哈欠：“反正巴掌又不是打在我的脸上……呵！算了！我去给你找冰袋敷一敷吧，否则被队员看到了说不定会私底下嘲笑你！”他一边说着，一边又露出了那个极具标志性的欠揍笑容，挥着手走远了。

袁野动了动嘴唇，“怎么可能”四个字还没有说出口，就发觉身边的叶晓绫正以一种极其认真的目光审视着他，好像自己是某种非常好吃的东西。

她……又要做什么？

第六章 光环笼罩下的阴影

冷不丁的，却听到叶晓绫突然开口问道：“你现在的心情好些了吗？”

袁野几乎是下意识的露出一个温和的微笑：“托你的福，那些糟糕的事情已经……”

忽然！

正盯他看得起劲的叶晓绫闪电般地伸出手来，啪的一声，手掌按在他红肿的脸颊上！

这个惊人的举动吓得袁野连忙将剩下的话全部堵回喉咙，在她掌心触碰到脸颊的那一刻，灼人的剧痛随之而来，他忍不住发出了一声低低的呻吟，却又听到叶晓绫清脆的声音响起，犹如一记钟鸣：“别说谎！”

袁野豁然睁大双眼，心中仿佛有什么东西被一双无形的大手揭开，变得清晰而坦荡！

她发现了吗？

已经记不起从什么时候开始，他已经习惯了隐藏自己，骗过别的时候，甚至连自己也骗过了。

很疼吗？

当然很疼。可是他说不出口。

常年以来在心中积压的情绪尽数喷发，袁野竟然丢人的发现，他的双眼竟然被一股潮湿温热的液体所填满，好像马上就会坠下一样……

“脸上很痛吧？痛就要说出来！”叶晓绫继续认真地盯着他看，“道馆里的那些孩子在练习的时候经常摔倒啊！每次摔倒过后他们都会吵着说痛，还会大声哭出来，可哭过后，还是会抹着眼泪继续练习。”她的呼吸同时也变得急促起来，“所以……不要一个人承受，更不要说谎了！只有把疼痛宣泄出来，才能更好地迎接下一次的挑战！否则就会永远停滞不前了！”

袁野像是被烫了一样猛然地向后退去，双手飞快地掩过眼睛，唇边露出一丝苦笑。

“可是……下一次还会受伤，那要怎么办？”

他看似平坦的人生，实则并不如他人眼中那么快乐自在。

面对别人的质疑，他只能装作无所谓，而面对父亲的误解，他也只能不停安慰自己，只是他做得不够好罢了。

他到底可以再承受多久呢？

叶晓绫的神色变得严肃起来，她缓缓收回双手，很轻很轻地回答：“我的母亲说过，人生就是一个不断跌倒和爬起的过程，如果因为害怕受伤而退缩，那一切的一切，包括梦想——都会变得毫无意义了。”

袁野微怔，唇边的苦笑在她和缓的声音中消失不见。

他忽然记起不久前古南带来的有关于叶晓绫家庭背景的资料：母亲早亡，父亲酗酒，她就好像一个忙碌的精灵，整天穿梭在学校和道馆之间，却是每一秒都充满了用不完的力气一样，从来没有抱怨过一句。

原来人和人，真的是不一样。

不了解她的人会觉得她暴力、天真、过于直爽，可现在看来……

袁野忍不住再次深深地审视她，只见她的皮肤在阳光下宛如天使的翅膀般洁白，浓密的睫毛轻轻颤动着，完美精致得果真如橱窗里最昂贵的娃娃一般。

怎样的人才拥有保护她的资格呢？

脸上的疼痛也在逐渐散去，袁野顿时觉得心情也真的好了大半，于是他笑眯眯地抬起手来，有些心疼地在叶晓绫柔软温暖的发顶揉了揉。

嗯……和想象中的感觉没什么差别，触感好像一只软绵绵的兔子。

“我知道了。”又轻轻揉了几下，他有些留恋地碰了碰她额角的碎发，

“谢谢你。”

他的指尖和那时一样，带着微凉干燥的温度，叶晓绫忽然觉得自己的脸颊好像又像是被火烧了一样，不受控制的红了起来！

呼！

她大口大口地呼吸着，想要表现出一副根本就不在乎的模样，可脸上飞快升高的温度却在强烈提醒着她情绪的异常。

为什么会这样？

明明凌铮也经常这样揉她的头发啊！可是为什么这次她连心脏跳动的速度也开始变得躁动了呢？

而且这种感觉……好像也不坏！

为了不让袁野发现她此刻的异常，叶晓绫难得脑袋转得飞快，连忙支吾着转开话题：“对了……我还有一个消息没有告诉你。”

“嗯？”声音中带着浓浓的笑意，看来他的心情真的已经变好了。

“我……刚刚也和古南说过了。”叶晓绫眼角观察着袁野的表情，“我同意加入‘Nirvana’战队了，只不过主要的事情还是要以道馆为主的。”说着，他好像怕袁野伤心一样，急匆匆地补充了一句，“只要有时间，我就会来给队员们做指导训练的！”

袁野不禁惊喜地向她靠近，连声追问：“真的？”

叶晓绫不敢抬头看他，只拼命点着头。

喜悦在心中逐渐扩大，袁野甚至激动得有些语无伦次，却还是靠着身体强大的本能克制住了失控的情绪，可凝视着她的目光却变得愈发浓烈起来。

叶晓绫虽然低垂着头，却仍然能感受到袁野的视线在头顶停留了很久，两个人都极有默契地陷入了一种微带着甜蜜气息的沉默中，谁也不想开口打破的时候，身后忽然传来了一声尖锐的口哨声！

古南抛着手中的冰袋，狐疑地打量着他们两个人，一步一步地向他们走了过来。

“喂！你们在聊什么？气氛怎么有点奇怪？”他不经思索地问出口来。

聊什么？

两个人同时面带迷茫地瞪向了古南，谁都不知道该怎么回答。

他们刚刚好像也没有说太多的话吧？

古南的眉头微微皱起，他看着眼前这两个默契值似乎突然猛烈增加却原因不明的两个人，不知为什么，心中竟非常的不爽，特别是叶晓绫……她的脸怎么又红得像个苹果？

这才过了多久，他好像就变成无关紧要的局外人了？

“冰袋给你。”认真思索后，他决定还是不要多问，语气却变得有点硬邦邦的，“晓绫告诉你那个好消息了吗？”

他似乎是有意无意地咬重了“晓绫”两个字，好像这样称呼她会显得他们之间亲近一点吧？

可悲惨的是没人注意到他话语中可有可无的细节，袁野满面笑容地接过冰袋，眸中的阴郁也一扫而光：“她已经和我说了，接下来可以安排微博正热传的对局了。”

叶晓绫也突然想起了什么似的，充满期待地点了点头：“对啊！你不说我都忘记了！我还没和你正式比过一场呢！”

怎么说袁野也是团队的创始人，同时也是名气和她不相上下的电竞大神啊！

想必等待这场比赛来临的人不只是微博上的众多粉丝和观众，连她自己都想快点和袁野比一比呢！

听得出她声音中的期待，袁野和古南先是有些怪异地对视了一眼，随后同时很不自在的将目光转向了其他的地方。

“怎么了？”没有得到回答，叶晓绫有些好奇地追问。

她又说错了什么吗？

袁野干巴巴地笑了几声：“没什么，那我和古南商量安排一下对战的时间，得出结果很尽快告诉你的。”

一根筋的叶晓绫并没有发觉袁野语气中的古怪，她整个人也开始有些沉浸在以后未知生活的幻想中了：队员的培训，应该就和对待道馆的孩子一样吧？可这里的队员年龄都是和她不相上下的，要不要再严厉一些呢？

在想起道馆的同时，一个可怕的念头在脑海中闪过，叶晓绫哎呀一声，掏出手机看了看时间，急得满地乱转：“我怎么还在这里？说好来看看就走的啊！道馆接下来还有课啊！”

袁野发出了一声轻笑，向她招了招手：“来吧，我们送你回去，从现在开始，你就把我和古南当成你的专职司机吧？”

并没有意识到这句话是玩笑，叶晓绫反而认真的拒绝：“我自己可以的！”

袁野和古南又是相视一笑，谁都没再说什么，干脆扯着她的胳膊一路将她带离了这里。

叶晓绫踉踉跄跄地跟在他们身后，目光再次停留在公司门前那个巨大的“Nirvana”标志上，嘴角浮现一个充满了期待的微笑。

看来以后的生活，会变得更加忙碌而充实吧？

3

在古南和袁野的帮助下，叶晓绫成功在上课时间降临的两分钟前到达花源馆，看着已经换好道服、排列整齐的孩子们，她连道别的话都忘了说出口，干脆摆了摆手，风一般地冲进道馆了。

看着这个永远风风火火、仿佛从来不知疲倦的少女，袁野也生出了一种奇怪的感觉：好像每次和她在一起的时候，他都会被她的活力所感染，无论多么沉重的疲惫都会被抛在脑后。

这就是所谓的“天生的影响力”吧？

“你打算什么时候告诉她真相呢？”古南懒洋洋的声音打断了他的沉思。

袁野的神色一凛，缓缓收回目光，有些艰难地开口：“等到比赛那天，她自然就会知道了。”

毕竟这件事情要他亲自向叶晓绫坦白，实在是太难为情了……

古南又是幸灾乐祸地一笑：“如果要她知道，你所有的游戏都并非本人操作，而是我在帮忙，而你则是个地地道道的游戏白痴——”

在他刻意拖长的话语中，袁野苍白的脸颊一点点透出羞赧的红色，他忍无可忍地大声打断：“别说了！”

他也很想拥有叶晓绫那种可以受到万人敬仰的神级操作好吧！可是……

袁野的五官也纠结地扭在了一起。

他好像真的在游戏方面有着极大的缺陷，无论怎样练习，总是改变不了他在游戏中反应慢、操作生疏的事实。

古南幽幽地叹了口气：“迟早是要面对现实的，而且微博上挑战事情的热度还在上涨，如果不尽快定下一个时间，就会有更多的人跳出来痛骂炒作了。”

袁野低低地回答：“我知道，那就定在两天后吧。”

“两天后，有什么特殊意义？”

“叶晓绫的新角色讲解视频正巧会在两天后发布，到时候会再次吸引一定的关注，我们正巧抓住那个时机。”袁野的声音中再次出现了那抹熟悉的傲然，“这不正是两全其美吗？”

古南认真地想了想，忽然直起了身子，有些疑惑地再次凝望叶晓绫道馆中忙碌的身影：“对了！有一件事我一直很好奇，叶晓绫家里的收入除了来自花源馆，有一大部分应该和视频的收入有关吧？”

听到这个问题，袁野深邃的眸中闪过一丝了然的神色，仿佛已经预料到古南想要问些什么了，却还是不紧不慢地应着：“对啊。”

“真的很奇怪！”古南摇着头感叹，“花源馆目前的收入虽然不说赔得血本无归，却也是勉强维持了，可叶晓绫又是那么厉害的大神，光靠视频的收入应该完全可以满足各方面的物质需求了啊！为什么我的调查结果显示……她在生活方面节约得要命呢？”

只听袁野发出一声极轻的冷笑：“因为她的朋友。”

古南不解地瞪着他看。

“叶晓绫只是喜欢这款游戏而已，发布视频也是纯粹想要和大家分享技巧和经验，她的微博宣传、视频制作、后期处理，全都被她的一位朋友包揽了，她根本什么都不清楚。”袁野的神色漫上了冰冷的味道。

古南也露出嫌恶的神色：“这种朋友会不会太可耻了？”

袁野没有应声，却也只是赞同地点了点头，目光穿过花源馆明亮干净的窗，久久凝望着叶晓绫灵巧的身影，还有她脸上那抹太阳般灿烂的笑容……

脸颊红肿的地方还在微微作痛，可他的记忆却停留在那一瞬间，她温热的掌心按在他受伤的皮肤，认真地叮嘱：“别说谎啊！”

他的嘴角不由再次弯起一道柔和的弧度。

至少在她的面前……他再也不会说谎了，而且如果可以的话……

他会不会成为能站在她身边，给她保护的那个人呢？

第七章

让 我 珍 惜 你 吧

1

黑色的房间，四周安静得仿佛只能听到缓慢却具有节奏感的轻微呼吸声，还有手指与键盘鼠标交错的轻微响动。

滴答、滴答。

偶尔也会从桌上的那只有些破旧的钟表上传来时间流逝的声音。

已经是夜晚十一点整了，叶晓绫却精神抖擞地坐在电脑前，将刚刚发布的新视频又重新看了一遍，才满意地关掉电脑，倒在床上开始刷着微博的最新热搜。

虽然她和袁野对战的消息热度已经在不断下降，可每天还是有无数的热心围观群众密切关心着动态的进展。

据袁野的话来说，这场比赛只是她邀请她加入“Nirvana”的一个开始罢了，无论怎样，结果都会是她获得胜利……

叶晓绫躺在床上，不知道为什么，心里有些乱乱的。

果然电竞这个圈子，还是让她复杂到难以想象啊。

眼看着热搜已经刷到了最底的位置，叶晓绫正打算关了手机进入梦乡的时候，“夜猫子专业户”阿耐的消息突然弹了出来：“晓绫，睡了吗？要不要讨论下期视频发布的时间？”

第七章 让我珍惜你吧

叶晓绫握着手机反应了半天，然后唰地从床上坐了起来，疲倦的睡意也在这一瞬间消失得无影无踪！

对了！下期的视频！

她还没有告诉阿耐自己要加入“Nirvana”的消息啊！到时候阿耐还会有机会给自己做视频吗？

据她所知，阿耐的家庭条件也非常一般，在和叶晓绫约定合作制作游戏视频之前，她每天要跑好几份兼职，整天陀螺一样在学校和工作地点打转，如果因为加入“Nirvana”而让阿耐失去这份工作……

叶晓绫有些心疼地握紧了手机。

阿耐一定会非常难过吧？

手指在屏幕上滑动了几下，先是打出了几行字，又慢吞吞地删除了，叶晓绫拧起眉头，瞪着手机屏幕不停叹气，心脏仿佛被淋满了一杯柠檬汁一样酸涩难忍。

这件事可不可以和袁野商量一下呢？

经历了激烈的思想斗争后，叶晓绫终于咬牙狠心，干脆自作主张，手指飞舞着在屏幕上打出：“暂时没定，明天我带你去见一个人吧？”

阿耐表示疑惑：“你要带我见谁？”

叶晓绫额角开始冒出冷汗：“袁野，以后的日子里，我大概会和他有一些合作，具体明天说，好吗？”

她这样说会不会太直接了啊？如果她是阿耐，看到这样的消息，一定会彻底傻掉吧？

果然！

足足沉默了半分钟的时间后，阿耐连续疯狂地发来了数不清的感叹号！

“你说袁野？你们的对战时间决定了？怎么发展得那么快？明天就可以见面了吗？”阿耐的话痨本质再次发挥到了极致。

“你先冷静……”叶晓绫擦着冷汗，小心地敲着屏幕，“见到他你就知道了。”

可听到这个消息的阿耐在接下来的几个小时中都长期处于极度兴奋的状态，叶晓绫也只能一边打着哈欠，一边耐心地安慰她，没想到最后竟然握着手机睡着了……

看来真的不应该把这个消息太早告诉她啊！

早上八点，叶晓绫疲惫地睁开双眼，想起和袁野约定好一个小时后在总公司见面，虽然脑袋还昏沉沉的，她也只能强打起精神，先是不情愿的在床上翻滚了几圈，才愁眉苦脸地推开房门，却被穿戴整齐，不知道什么时候已经在道馆中等待的阿耐吓了一跳！

平日里一向不修边幅的阿耐今天好像完全变了一个人，一身明黄色的连衣裙衬得皮肤也白了那么几分，头发也不再是随意披在肩上，而是扎成了一个小巧的丸子头。

同样看到叶晓绫的阿耐也先是一愣，随后急不可耐地挥舞着手中的早餐奔跑过来：“快点吃早饭吧！不是说一会儿去见袁野吗？”

“你……怎么这么急啊？”叶晓绫迷茫地接过热乎乎的包子，“说好的九点呢！”

阿耐稍稍平定了一下急促的呼吸，眼睛却仍然闪闪发亮：“那可是袁野啊！像我们这种小人物平时哪有见到的机会！如果以后合作的机会多了，我们的关注率和收入也会成倍上涨啊！”

叶晓绫一口包子噎在了喉咙里，呛得半天说不出话来，只能有些勉强地笑了笑，不知道该怎样回答。

她和袁野以后可不是单纯的合作那么简单啊！

不过……

又小心翼翼地打量了一下阿耐的神色。

如果可以的话，她还是尽量向袁野请求，多给阿耐一些合作视频的机会吧？毕竟阿耐也是非常辛苦的。

狼吞虎咽地把剩下的包子都塞进嘴巴，眼见着距离约定的时间越来越近，叶晓绫只随便收拾了一下自己，便扯着仍处在美好幻想中的阿耐一路飞奔向了袁野的公司。

出租车刚刚到公司门前，就看到一辆熟悉的保时捷唰地转了个弯，张扬地横在他们前面，紧接着就是古南不紧不慢地从车上跳下来，满脸笑容地朝着叶晓绫招了招手。

“就知道你一定不会迟到。”古南热情地拍着叶晓绫的肩膀，目光在阿耐的身上停留了一瞬间，客客气气地问道，“这位是？”

“啊！她是阿耐！我之前的视频都是她负责的！其实今天带她到这里来是想和袁野商量一下，以后我的部分视频也能继续由她负责吗？”叶晓绫有些忐忑地用眼角瞟着古南，连说话的声音都没了底气。

听到“阿耐”两个字后，古南的眼神忽然变得有些奇怪，忽然开始侧头仔细打量起她来，然后意味深长地哦了一声。

她就是袁野口中那个克扣了叶晓绫视频收入的“朋友”吗？

阿耐红着脸走到古南的面前，紧张地伸出手来，连声音都在发颤：“你、你好……”

这个人就是“Nirvana”最有人气的主力队员之一古南啊！看上去比视频和照片还要帅上好多！

没想到平日里面对哪个人都一副笑眯眯表情的古南竟然有些冷淡地转过头去，很随意地碰了碰阿耐的手指，微微点头：“你好。”随后很快将话题转移到叶晓绫的头上，“袁野已经在等你了，快走吧？”

呼——

仿佛有一阵莫名的冷风从某个地方吹过，身边的温度瞬间被吹到了零下几度。

阿耐的手还尴尬地伸在半空中，过了半天才讪讪地收回去，有些不满地朝着叶晓绫的方向挤了挤眼睛。

这个人怎么好像对自己不太满意啊？

叶晓绫也搞不清此刻的状况，可看着古南已经潇洒离去的背影又不好意思直接问出口，只能有些愧疚地小声解释：“他大概是心情不太好？你千万不要放在心上，那个……袁野人也很好的……”

初次见面就受到冷落的阿耐勉强接受了这个安慰，垂着头默默跟在叶晓绫的身后，在路过门前“Nirvana”牌子和公司走廊的时候还忍不住拿出手机偷偷拍下几张照片做纪念，却冷不丁地听到前面一个声音弱弱地响起：“那个……未经允许是不能随便拍照的……”

再次受到“强硬对待”的阿耐有些愤愤地抬起头来，却发现一位年龄和自己差不多大的腼腆少年一脸正经地站在对面，身后那个人……

第七章 让我珍惜你吧

阿耐忽然感到所有的鲜血全部都冲到了头顶，她忍不住发出了一声低低的尖叫！

袁野……就这样出现在她的面前了！

高挑修长的身形，近乎完美的比例，和各种视频上拍摄的感觉完全不同；五官的轮廓显得更加锋利挺拔，让人一眼望去便无法再移开视线。

他也正朝着阿耐的方向看来，嘴角挂着一抹淡淡的笑容，温和而优雅，却又让人感到一丝极淡的疏离。

阿耐的心脏几乎都要停止了，她直勾勾地盯着袁野看了好久，完全忘记去和那个提醒她“不要拍照”的少年争论一番，却听见叶晓绫已经亲切地打起了招呼：“早上好！袁野！木木！”

她清爽的声音暂时拉回了阿耐已经飘到半空的魂魄，她也连忙大声问好：“你……你们好！我是晓绫的朋友阿耐！”

阿耐的神经紧绷到了最高点，她充满期待地望向袁野，等待这个晓绫口中的“好人”的热情回应……

可是——

“你好。”袁野只是淡淡地扬了扬下巴，甚至眼神都没有在阿耐的身上多做停留，随后走近叶晓绫，唇角的笑容似乎是刻意加深了些，“木木听说今天你来，怕你没吃早饭，特地给你带来了蛋糕。”

身后的木木立刻涨红了脸，挠着头发解释：“不是的！是老大想到的！我只是跑腿你买的……”话没说完，就被袁野恐吓似的瞪了一眼，立刻夸张地捂住嘴巴，却还不忘记贼兮兮地朝着叶晓绫笑。

“晓绫……已经吃过早饭了。”看着眼前几个人和谐愉快的相处，自己却

像透明的空气一样，阿耐不由拉紧了手中的背包，冷不丁地说出口来。

可几个字刚刚出口，她很快就后悔了。

因为所有人的目光全部匪夷所思地落在了她的身上，她再也不是可有可无的空气了……

袁野和古南相视一眼，都选择在这个时刻保持沉默，最终还是叶晓绫最先回过神来，扯着已经完全僵掉的嘴角干巴巴地笑了几声："哈……那个……我是吃了一点！我们先去聊对战的事情吧？"

她尴尬的笑声在寂静的走廊里回荡了几声，格外刺耳。

今天怎么不止袁野和古南……连阿耐都有些奇怪啊？

于是在这种奇异的气氛中，没有一个人再开口说话，然后阿耐被突然出现的前台小姐礼貌地请到了休息室。而叶晓绫则在袁野的带领下，一路走进了三楼的练习室，直到那些年轻队员见到叶晓绫开始热情地打起了招呼，空气中的尴尬分子才开始一点点消失……

"微博上宣布的比赛时间是在明天吧？"叶晓绫走到了角落里一台电脑前，习惯性地打开《血战》的图标，"那么比赛就今天进行吗？"

虽然她已经同意加入了袁野的战队，可无论如何她的身份还是不想暴露的，所以对局后的视频还是要处理一下吧？

袁野先是一怔，白皙的脸颊竟然透出极淡的红色来，他很不自然地扭过头去，声音似乎也变得别扭起来："对……可是今天和你比赛的人……不是我……"

"嗯？"叶晓绫直直地盯着他，"那会是谁？"

"是在你眼前的本少爷我啦。"一旁的古南笑嘻嘻地走到两个人的中间，骄傲地伸出手指，指着自己的鼻尖，“既然你已经算是团队的一员了，那么就有一个重量级的秘密要告诉你……”

袁野的脸变得越来越红，眼神四处躲闪了几下，好像一个做错了事的孩子。

“到底是什么？”彻底被古南神秘兮兮的语气提起了兴趣，叶晓绫也不禁紧张了起来。

“其实袁野所有的游戏视频都是我操作的哦！后期也是我处理的！这也是他从来不参加直播比赛的一个原因……”古南刻意拖长了声音，不听朝着袁野的方向撇嘴巴，“因为那样会直接暴露他糟糕的操作技巧！”

怦怦——

偌大的练习室忽然变得安静起来，甚至刻意听到心脏跳动的声音。

年轻的队员们没有人敢说话，一个个却又忍不住用余光观察着袁野和叶晓绫此刻的表情。

叶晓绫先是疑惑地皱了皱眉，随后瞬间明白了什么一样，嗖地从椅子上跳了起来，发出一声惊天动地的惊叹：“什么——”

袁野的背后操作……竟然是古南？

她、她还以为从不参加直播比赛的袁野和她一样……有其他什么难言的苦衷！没想到竟然……

这个消息给她带来的震撼实在太过强大，无异于陨石撞击地球造成的世界末日，叶晓绫定了定神，刚想继续问出口，却见眼前的袁野好像突然变成了一只行走的西红柿，连耳朵都红了个彻彻底底！

虽然他在努力维持眼中的最后一丝平静，可微颤的眼瞳还是出卖了他此刻的情绪。

仿佛感受到了叶晓绫的目光，袁野先是有些慌乱地扭过头去，薄唇颤动了几下，故作理直气壮地反问："现在知道了真相，一定对我失望透顶了吧？"说着，又不甘心似的补充了一句，"失望说出来就好，不要这样看着我了……"

毕竟叶晓绫在游戏方面的操作那么强大，又是个极其讨厌弄虚作假的人……

古南也兴致勃勃地看着叶晓绫若有所思的神色，不知道她到底会给出怎样的回答。

练习室里所有队员的心脏也全部提到了喉咙。

时间一分一秒地走过了。

叶晓绫长久地凝视着袁野涨红的脸颊，终于，发出了一声饱含无奈的叹息。

这声叹息中没有鄙夷、不屑甚至没有一丁点失望的味道。

"你这家伙……怎么就不能坦诚一点呢？"她的声音柔柔地传进耳中，又带着甜蜜的温度，击打在心脏最柔软的地方。

袁野怔怔地转过身来，嘴唇嗫嚅了几下，却什么也说不出来了。

"有什么苦衷说出来就好了？不要动不动就把失望两个字挂在嘴边！"叶晓绫认真地板起脸来，好像把袁野当成了道馆里的孩子，毫无征兆地进入了管教状态，"难道别人对你失望是一件很有趣的事情吗？"

原本沉寂的气氛也被叶晓绫这几句没头没脑的教训搅得不见踪迹，木木再也无法忍受，将脑袋埋在胳膊里，笑得浑身都在颤抖。

第七章

让我珍惜你吧

古南更是双手捶着墙壁，刺耳的笑声惊动了窗外枝头的小鸟。

在叶晓绫清澈的目光下，袁野心中的压力和担忧瞬间烟消云散，脸上的红晕也渐渐消失：“我也很努力地练习过，也想过了很多办法，可是……”他有些失望地抿了抿双唇，露出一个淡淡的苦笑来，“或许根本就没有这个天赋吧。”

这应该算是他最难以启齿的一个秘密了吧？

叶晓绫恨铁不成钢地摇了摇头：“你难道忘记我加入的目的了吗？”

袁野的眼中闪过一丝疑惑：“当然没有。”

“那么——你还在担心什么呢？”叶晓绫昂起下巴，连声音都是那么的有力而自信，“以后我可以做你的老师啊！从明天开始！你就和团队的成员一起训练吧！”说完，她霸气十足地朝着还在狂笑不止的古南招了招手，“快来打完这场比赛！”

作为花源馆无数孩子口中的“魔鬼教练”，面对包括袁野在内的这些队员，她怎么会手下留情呢？

袁野彻底愣在那里，表情木讷而茫然，和平日里淡定自若出现在各大媒体，谈吐得体应对无数话筒的风云人物截然不同，而且嘴角……好像还挂着一抹傻傻的笑？

古南再次抹去笑出眼角的泪水，连忙应了一声，一秒都不敢耽误地坐到了叶晓绫的对面，心中却依旧感慨万千：叶晓绫果然是神一般的队友！

电脑中，熟悉而又令人激动的游戏背景音乐在耳边响起。

所有的队员都紧张而兴奋地朝着两个人对战的方向望来。

谁也没有看见，练习室外有些鬼鬼祟祟的阿耐。

她面无表情地躲在一边，一只手握成拳头，颤抖地垂在膝盖上，另一只手则死死地握着手机，屏幕上是叶晓绫和古南对战的画面。

身为此次约战的当事人袁野却一副事不关己的模样站到了一边。

手机屏幕上显示的模式是“录影”。

激烈的对战中，木木不经意抬起头来，却忽然扫到了门口仍握着手机，脸色苍白的阿耐，他下意识地皱起眉头，刚想要再次嘱咐她“不能拍照”，却见阿耐慌张地嚷了一句“我接电话”，就匆匆忙忙地离开了。

木木有些不解：那个人是晓绫教练的朋友吧？为什么两个人看起来……会是完全不同的样子呢？

2

这场对局的时间只持续了四十分钟左右，虽然比赛的结果人尽皆知——一定要让叶晓绫获胜，可每个人却还是看得津津有味，所有队员几乎都在围着叶晓绫加油打气。

看着自己的屏幕上出现了“失败”的字样，古南装模作样地叹了口气，抱怨道：“看来我的口碑是不行了，美女教练刚出现，所有人的注意力都转移到她的身上了？”

几位队员异口同声地回答：“对啊！”

就连袁野也毫不客气地对他进行了一番打击：“就算发挥你真正的实力，也不会是叶晓绫的对手吧？”

虽然他在游戏操作方面属于天生的手残，可叶晓绫那种恐怖的操作技巧他

第七章 让我珍惜你吧

还是可以看出来的……

古南张口就要反驳，可不知为什么竟然真的有些心虚。

他满头黑线地朝着叶晓绫的方向望去，却发现她好像完全没有在意几个人的对话，而是用一种闪闪发亮的目光盯着袁野看，而好像消失了很久的阿耐也有些胆怯地站在她的身后，一只手扯住了叶晓绫衣角。

要搞什么？

对阿耐没有丁点好感的古南疑惑地挑了挑眉。

话说叶晓绫今天带她来到这里的意义到底是什么啊？

与此同时，袁野也注意到了叶晓绫诡异的眼神，他心中有些打鼓地后退几步，却在看到阿耐的那一刻心中有了答案。

果然……叶晓绫是个心软的笨蛋啊……

“接下来没有什么重要的事情吧？为了庆祝你加入‘Nirvana’，我们已经准备好了欢迎会，所有人都会参加的。”为了不让叶晓绫继续苦恼，袁野干脆抢先转移话题，更是希望阿耐可以知难而退。

毕竟选择在这种时刻戳穿阿耐曾经的那些所作所为绝对不是一个正确的选择，至少叶晓绫会很伤心吧？

可叶晓绫却好像真的下定了决心一样，反手扯住阿耐的手腕，又向袁野走近了几步，倔强地开口问道：“袁野！以后我就是Nirvana的一员了吧？”

袁野眸光微浓，微笑着点了点头。

“那、那游戏视频的处理呢？我知道你的公司有很多出色的技术人员，可是……”她有些不忍地朝着阿耐的方向看了看，“我还是比较习惯阿耐为我处理，其实也很厉害的！你看，我往期的视频评价都很不错啊！可不可以继续要她……”

“晓绫，我知道你在想什么。”袁野温柔却又坚定的话语打断了她匆促的请求，“可是我不能答应你。”

“为什么……”叶晓绫先是一愣，随后不甘心地反问，“只不过是要她帮我继续处理视频啊？”

如果因为加入袁野的团队而让阿耐失去了这份难得的工作，那么……

阿耐也一定会对她失望透顶吧？

袁野淡淡地朝着阿耐的方向瞟了一眼，眉眼间也浮现了几分认真的神色：“晓绫，既然你选择加入了我的团队，我就一定要以给你创造最优秀的条件，而且让你的付出得到应有而公平的回报……”他刻意加重了后面的几个字，“而且我们的工作人员，也绝对不会在你的收入中动手动脚。”

阿耐猛地抬起头来，脸色苍白如纸，有些难以置信地瞪向袁野，脸上写满了“不敢相信”四个大字。

古南也冷冷地嗤笑了一声，犀利的目光落在阿耐的身上，带着审视的味道。

只有叶晓绫没有听出袁野话中隐含的深意，仍然傻傻的为阿耐辩解：“可是阿耐也足够出色啊！”

看着叶晓绫一副“不达目的绝不罢休”的模样，袁野也只能选择战略性的撤退：“那……以后再商量？”

总之他是绝对不会再给阿耐接近叶晓绫的机会。

明显对这个答案感到不满，可不知怎么，听着袁野略带宠溺和无奈的语气，叶晓绫的脾气竟然一点都没有了。

第七章

让我珍惜你吧

“好吧……以后再商量。”她有些委屈地吸了吸鼻子，“还是希望你们可以好好考虑一下。”

袁野被这个问题搞得一个头两个大，连忙再次机智地转移话题：“晚点的欢迎会不只是团队的成员，还有公司的一些重要人物，阿耐……你也要去吗？”

最后一句话任谁都听得出是随口一问，更何况险些被戳穿了秘密，正无处可逃的阿耐，她满头冷汗地摇着头拒绝：“我还有事！就先走了！”说完，只简单和叶晓绫打了个招呼就一溜烟地跑开了，那背影怎么看怎么心虚，偏偏叶晓绫还在暗自担忧：是不是因为袁野的拒绝让导致阿耐看起来没精打采的模样呢？

最让人感到不自在的家伙终于离开了，袁野和古南同时松了口气，只觉得连气氛都舒缓了不少。

古南如释重负地揉了揉太阳穴，一边朝着门外走去，一边颇有使命感地说道：“那我先去准备欢迎会的事情了，叶晓绫……就交给你了。”

说完，他又意味深长地吹了一声极长的口哨，迈着俏皮的步子消失在了大家的视线中。

叶晓绫不明所以地站在原地，还没忘悄悄捅了捅袁野的胳膊：“为什么说是交给你了？”

欢迎会……不就是大家一起愉快的吃饭聊天吗？

却见袁野褐色的眼眸中忽然闪过一丝恶作剧的光芒，偏冷的英俊五官也被这种灵动的光芒衬得多了几分孩子般俏皮的味道。

叶晓绫忽然觉得浑身发冷，一种不好的预感将她扯在那里，动弹不得。

“交给我的意思就是——”他的笑容愈发明亮起来，“你需要一个全新的包装。”

“哈？”叶晓绫仍然满脸的搞不清状况。

“作为电竞界万人敬仰的大神，我们Nirvana的新成员兼教练，你必须要以一个全新的、完美的形象在欢迎会上闪亮登场。”袁野低沉而悦耳的声音仿佛带着魔法的蛊惑，“所以，我们接下来要做的就是换一身新的衣服、买一双漂亮的鞋子，如果有必要的话，你还需要一个适合自己的发型……”

话没说完，叶晓绫大脑中的粗神经难得敏感了起来，没命似的朝着练习室的出口方向跑去！

换衣服？有没有搞错！她刚刚怎么从袁野的身上看到了吕颜的影子？

可脚下只迈出了五米不到的距离，木木充满期待的声音就从身后传来：“教练……千万不要让我们失望啊！”

叶晓绫身子一歪，在千钧一发的时刻扶住了墙壁，险些没有栽在地上。

她犹犹豫豫地垂下头去，看着自己身上再普通不过、甚至有些破旧的T恤和牛仔裤，然后怯怯地回头望向袁野……

他淡定地靠在电脑桌前，嘴角挂着那抹她所熟悉的、笃定的微笑。

她的打扮……好像真的有些太过随意了？

和吕颜逛街时的恐怖记忆在脑海中浮现，耳边却又不停循环着木木的那句“不要让我们失望啊”！叶晓绫在心中经历了一番天人大战的挣扎，最终还是垂头丧气地回到了袁野的身边。

算了，就当是陪吕颜逛街了吧。

第七章

让　我　珍　惜　你　吧

3

宽阔喧嚣的街道，一行行排列整齐的路灯接连不断地被点亮，及时驱散了夜晚来临前那大片的黑暗，与夜空中初升的星辰交相辉映，银白与昏黄的光芒渐渐融合，仿佛一团团绽放在半空中飘摇的花朵。

一家私人订制的服装店里。

精致而奢华的水晶吊灯悬在大厅最上方的位置，地上的每一块乳白色的瓷砖都被擦得发亮，可以从上面清晰捕捉到每个影子，舒缓宁静的钢琴曲在充满蔷薇馨香的空气中缓缓流淌。

袁野安静地坐在试衣间不远处的白色沙发上，修长的手指轻轻敲打着咖啡杯的一侧，似乎有些心神不宁的模样。

忽然。

耳边响起了吱呀的声音，试衣间的门先是拉开了一道小小的缝隙，随后探出了一张微红的脸颊。

已经在外面等候多时的店员满面笑容地走过去，然后殷勤地将试衣间的门彻底打开……

袁野不禁坐直了身子，却似乎觉得有点不够的样子，干脆站了起来，大步朝着试衣间的方向走去。

只见叶晓绫双手绞着裙子的两边，扭扭捏捏地走了出来，几缕微卷的长发懒洋洋地垂在白皙的脸侧，随着她的动作微微晃动。

她身上穿着一袭淡蓝色的丝缎连衣裙，裙角柔柔地垂在脚踝的上方，扯出了一道看似随意却极其精致的弧度，繁复细密的镂空花边一路蔓延，最终停留在纤细的腰侧，绽出一朵张扬的花朵。

这种蓝色并不如海洋一般忧郁，反而更接近夏日晴空的明朗，更是多出了些许俏皮灵动的味道，叶晓绫的皮肤原本就雪白柔嫩，在这种色彩的衬托下，她好像真的变成了一支绝世巧匠手下的玩偶，让人忍不住为这种逼真的美丽而感叹。

往日总是束在头上的马尾被挽成了松垮的花苞形状，有几丝卷曲的长发垂在白皙的脖颈处，看得人心中也痒痒的，她有些忐忑地转身望向镜子里的自己，殷红饱满的双唇抿出了一个极其震惊的弧度——

这真的是她吗？

在换好衣服前，店里几位热心的大姐姐好像还在她的脸上涂涂抹抹了什么东西，导致她现在也不敢抬手去揉眼睛，现在看来，五官虽然仍然属于自己，可看上去为什么大不相同了？

袁野好像也完全看呆了，他怔怔地站在叶晓绫的身后，忽然唇角微弯，眸中满是温柔宠溺的色彩，甚至……带着那么一点儿骄傲。

果然，叶晓绫是绝对不会让他失望的。

“请问这样的装扮还满意吗？”擅长察言观色的店员找准时机上前问道。

听到这样的问题，叶晓绫原本就有些发红的脸颊此刻更是像被火苗点燃了一样，完全红了个彻底，可感谢的话语还没说出口，就听见袁野的声音低低地传来：“非常满意。”

呼——

叶晓绫脸颊的温度再次向上拔高了一个层次。

第七章

让我珍惜你吧

他这是在夸奖自己吗？

“我也觉得很漂亮……”她小声嘟囔着，却仍然不忘记继续悄悄打量袁野的神色。

却见他似乎一直在深深凝望着自己，眼中仿佛有两道明亮的光芒在跳跃，就那样不经意地撩动了她心底最松垮的一根神经！

只见袁野的身子微晃，长腿迈开，很快走到了她的面前，伸出手来似有意无意地抬手轻轻碰了碰她垂落的发丝。

微凉的指尖轻缓地擦过脸颊的皮肤，留下了无形却滚烫的痕迹。

叶晓绫在骤然加大的心跳中抬起头来，却猛地发现，此刻他们的距离是如此的靠近，她再一次清晰地感受到来自他身上那种清冽的香气将她全部包裹，整个世界都因此变得模糊起来。

还有他微哑的声音在耳边荡漾开来：“走，我们一起去给他们一个惊喜！”

说完，他非常自然地伸出手来，不由分说握住了叶晓绫仍然握成拳状的左手，朝着门外走去。

平日里几乎每时每刻都处于极度机警状态的叶晓绫竟然忘记了挣脱，她先是呆呆地看了看和袁野相握的左手，然后又呆呆地踩着脚下完全不熟悉的高跟鞋，机器人一样跟在袁野的身后……

搞什么？这到底是什么感觉？

她绞尽脑汁地在大脑中搜寻着这种奇怪感觉的来源，就好像是内心深处忽然有一朵鲜红的蔷薇绽放，又好像是狂风暴雨过后出现在天边的那道彩虹，总之……

这种感觉一点也不坏。

好像有一种……被人保护着的满足感。

一直以来都只懂得“保护别人”从来意识不到任何危机的叶晓绫沉浸在这种奇异的温暖中，一路上也不知傻笑了多少次，就好像一个初次品尝到糖果甜蜜的孩子，一直到了欢迎会的现场，她才被众人震耳欲聋的欢呼惊得回过神来。

古南先是疯了似的扑到她的面前，却又急急刹住了车，夸张地瞪大眼睛上下打量：“我的天啊！叶晓绫！你知不知道现在你看起来……”

“特别漂亮！”木木也点着头在一边附和。

“不！是非常的漂亮！”其他队员高声大喊，“比之前还要漂亮！”

说完，大家一起挺直了身子开始了极其疯狂的鼓掌，尖叫声一波高过一波，气氛顿时被炒得万分火热。

叶晓绫只觉得整张脸再次不受控制地烧了起来，她原本想要大方地接受众人的夸奖，可嘴巴里却像含了沙子一样，什么也说不出来了。

于是她只能哭笑不得地保持着脸上“平静”的笑容，同时和袁野紧握的左手不知不觉加大了力度，仿佛这样就能找到一个可靠的发泄口一样。

袁野的唇角含笑，也安抚似的捏了捏叶晓绫柔软的手心，上前将椅子帮她拉开，随后用眼神示意众人入座，却仍然有几位还没有见过叶晓绫的公司人员一直带着惊艳的目光盯着她看，半天都没有回过神来。

叶晓绫心中也难得地生出了一股属于女生的自豪感——好像偶尔被关注的感觉也不是很糟糕！

而且她无论如何都没有想到，袁野的眼光竟然比整天埋头钻研各种时尚杂志的疯狂购物达人吕颜要优秀很多啊！

就在她心不在焉地想着和欢迎会完全无关事情的时候，袁野已经落落大方地念完了整段的开场词和介绍，又一次热烈的掌声将她从自己的世界中拉扯回来，彻底反应过来时，木木已经递上了一杯酒，充满信心地大声说道："叶教练！欢迎你的加入！我相信在你的帮助下，我们一定会成为世界上最厉害的电竞团队的！"

被木木高涨的情绪所影响，叶晓绫也热血沸腾地站起来，顺手拿起面前的酒杯，刚刚放到嘴边，却不禁愣住了。

喝酒啊？

她有些苦恼地皱起眉头来，犹豫地打量了一会儿，最终还是霸气地举了举杯，一饮而尽！

管那么多做什么！反正今天是个开心的日子，不是吗？

袁野拿着酒杯的手忽然一顿，似无意望了望叶晓绫慢慢泛红的脸颊，唇角微颤，却还是什么都没有说。

紧接着是同样举着酒来讲冷笑话的古南。

叶晓绫笑眯眯地喝下了第二杯。

她脸上的笑容越来越大，甚至多出了一点天真茫然的味道，每个人来向她说话她都会乖巧地回应。

随后一名队员和一名工作人员也来敬酒。

叶晓绫的指尖开始细细地颤抖起来，脸上的红晕愈发明显，却仍然挂着那抹傻笑，想要将杯中的酒再次灌进喉咙的时候，一只修长的手忽然从旁边出现，不轻不重地握住了冰凉的酒杯！

几滴带着苦涩气息的酒溅在了手腕处的皮肤上，叶晓绫怔怔地转头望去，只见袁野温柔却又坚定地将酒杯从她的手中夺过来，轻声说道：“不能喝酒就不要勉强，没人会责怪你。”

叶晓绫心中一动，刚要开口说些什么，就听袁野继续说道：“剩下的交给我吧。”

璀璨如琉璃的灯光下。

袁野缓缓从座位上站起来，叶晓绫也忍不住随着他的动作抬起头，却被华丽的光芒刺痛了双眼，只能看到他以一个保护者的姿态站在她的身边，替她喝下了一杯又一杯的啤酒。

不知道是不是酒精的作用，她的心跳再次加快了奔跑的速度，每一下都是那么的清晰，提醒她眼前的一切不是在虚幻的梦中。

可是……

叶晓绫傻傻地笑着，眯起双眼，伸出手来想要触碰袁野的脸颊。

因为她根本无法分辨，那么美丽的光芒，到底是来自头顶那只花朵般剔透的水晶灯，还是袁野唇边的微笑呢？

手指一点点向上，先是滑过他的手臂、随后是肩膀，最后停留在弧度优美的下巴……

哐当！

就在这最关键的时刻，叶晓绫身子一沉，毫无形象地栽倒在桌子上，就这样旁若无人地睡着了！

被“轻薄”的袁野顺手接住了这个“一杯倒”的家伙，无奈地笑了笑，可是眼里的宠溺却怎么藏都藏不住。

第七章

让　我　珍　惜　你　吧

4

“Nirvana”团队期待已久的欢迎会没想到会以这样乌龙的方式结束——主角叶晓绫不胜酒力，只喝了三杯啤酒就醉倒在桌子上，不省人事了。

其他无关人员在打过招呼后都有些恋恋不舍地离开了，毕竟叶晓绫单纯直爽的性格他们都非常喜欢，不过想到以后接触的机会还有很多，这次就当成一个不太完美却十分愉快的开始吧！

古南也有些担忧地看着仍然倒在桌子上呼呼大睡，偶尔无意识跳出几句胡言乱语的叶晓绫，悄声对袁野说道：“怎么办？你送她回去吗？这边剩下的还没有处理。”

袁野无奈地笑了笑：“好，交给我，等她清醒一点就带她离开。”说着，他朝着窗外望了望，“这里离花源馆很近，我陪她散步回去，再去药店买一些醒酒药。”

“那就交给你了。”古南轻轻叹了口气，忽然又靠近袁野，贼兮兮地说道，“别以为我忘记了，你们两个是握着手走进来的哦！”

说完，他好像害怕袁野会突然出手攻击一样，猴子似的跳了老远，挥着手立刻逃离了作案现场。

袁野嗤笑一声，根本没打算和他计较，他单手撑起下巴，开始将全部的注意力放在叶晓绫的身上。

嗯……睡着的时候还是很乖巧的……

不知道为什么，他的脑海中突然出现了两个人认识以来的各种场景，先是叶晓绫单枪匹马消灭了那几个在商场作乱的愤青们，随后是在那条狭窄的巷子里，他被当成变态收拾得落花流水，还有不久前坐在电脑前那个自信张扬的游戏大神……

如果继续相处下去，她一定会给自己更多的惊喜吧？

看着她蔷薇花般绯红饱满的脸颊，还有略微急促的呼吸，袁野想了想，还是轻轻伸出手来，去探她额头上的温度，可还没碰到她的额头，却见她豁然睁开了双眼，直勾勾地盯着他看了半天，就是不说一个字。

袁野被她突如其来的举动吓了一跳，却也很快平静下来，有些好笑地问道：“怎么样？还记得发生了什么吗？”

叶晓绫没有回答，只是木然地眨了几下眼睛，睫毛忽闪忽闪。

看来还是没有清醒……

袁野忍不住又是低笑几声，转身想要为她倒来一杯绿茶解渴，耳边却猛地响起了一阵椅子摩擦地面的声音，随后是叶晓绫含糊却又强硬的命令：“我要回家！”

这个声音，明显还在醉酒状态啊！

完全不应该和醉酒的人纠缠下去，对方说什么他就照做好了，而且他原本的目的就是送叶晓绫安全回家吧？

于是袁野立刻安抚似的答应下来：“好，现在就回家。”

叶晓绫顶着一张巨红无比的脸蛋，继续趾高气扬地站在桌子旁高声指挥：“不要……这双鞋！”

“哪双？”他再次搞不清状况了。

只见叶晓绫发出了一声哼笑，眼中竟然带着和她完全不相符的、嫌弃的味道，随后摇摇晃晃地弯下腰来，将脚上那双精致的黑色高跟鞋带子粗鲁地解开，毫不留情地甩到了很远的地方！

“为什么……世界上要有这种穿起来这么不舒服的东西？嗯？”她赤裸着双脚，没头苍蝇似的在冰冷的地面上踩来踩去，“可是、可是它看起来真很好看呀！”

“不舒服的话就不要穿了，不过这样踩在地上会感冒的。”袁野强忍着笑意，上前小心扶住还在歪歪扭扭走动的叶晓绫，终于忍不住轻叹一声，“怎么还像个男孩子一样？至少要细心注意自己的身体吧？”

她不会真的天真地认为只要有了强大的武力值就不需要任何人的保护了吧？

听到这样的话，叶晓绫四处扭动的胳膊忽然突兀地停在了半空中。

她明亮而微带迷蒙的双眼一点点睁大，花瓣似的双唇微微翘起——这并不是微笑的表情，反而带着那么丁点的委屈。

“像个男孩子……”她先是低声将袁野的话重复了一遍，随后眉头一皱，伸出手来飞快扯住他的手腕，声音中带着细碎的哭腔，“你以为我很想像男孩子一样吗？”

手腕上感受到突如其来的力度，袁野不禁怔在那里，同时也被她眼中脆弱的光芒刺得胸口发痛。

“我、我还能怎么办呢？”她的手指渐渐收紧，话语也变得含糊不清起来，“因为妈妈很早就离开，爸爸那么伤心……连最心爱的花源馆也不管不顾了……我不能看着花源馆就这样毁掉啊！”

“晓绫……”袁野的眸中满是怜惜的光芒。

“我喜欢跆拳道，和爸爸妈妈一样，所以吃再多的苦也觉得很开心！可是……我也很想做一名普普通通的女孩子啊！身边的同学和朋友都叫我暴力狂的时候！我也很不舒服啊！我真的、真的非常讨厌这个难听的称呼，非常讨厌！”她愤怒的声音在寂静的屋子中回荡着，脸上带着醉意的红晕似乎愈发浓重起来，完全找不到平日里那个呆板又木讷少女的影子。

袁野静静地望着她，想起她平日里在道馆忙碌时的模样，想起她面对危险从不懂得退缩甚至还要挺身保护别人的模样。

其实在她的内心，也很渴望有人能时时刻刻站在她的身边给她力量，哪怕是再微薄不过的力量……

他眸中怜惜的神色越来越深，随之闪过一丝坚定的光芒。

如果可以的话，就让他来成为这样的角色吧。

第八章

泄 漏 身 份 的 危 机

1

夜晚的街道，昏黄的路灯温柔地融在了头顶大片的夜色中，与路上行人们各异的笑脸交映，远远望去，好像一帧帧美丽而虚幻的剪影，让人分不清眼前的世界到底是现实还是梦境。

一处并不起眼的人行小路上。

绿树茂密的枝叶将袁野缓缓行走的身影遮挡了大半，以至于并没有多少人注意到他。

叶晓绫的脸颊仍然如蔷薇一般绯红，她醉意朦胧地倒袁野的背上，浓密微卷的睫毛微微颤动着，好像已经完全进入了旁若无人的睡眠状态，却又会时不时地从嘴巴里跳出一句莫名其妙的话来。

“裙子的颜色……好像蓝天……”她滚烫的呼吸羽毛似的扑打在袁野的耳畔，让袁野的内心就像被羽毛拂过一般，痒痒的却又很舒服。

他缓慢地行走在这条小路上，夜色落在他身上都显出了一抹温柔。背上的叶晓绫好像猫一样蜷着身子，几缕发丝调皮地扫在他的脸侧，弄得他好像连心脏都痒痒的。

此刻，仿佛他的全世界里，只有叶晓绫一个人。陪着他一起，走在这无边的暗色里，可是却一点也不彷徨，反而心里满得似乎要溢出来一样。

明明“花源馆”的牌子已经就在眼前了，他为什么会觉得这段距离却好像越来越远了呢？

而且，到底还是个女孩子啊……

他不禁轻轻回头，瞟了一眼背上不知道嘟囔着什么，却笑得欢快的叶晓绫。

明明是个柔软的女孩子，却偏偏要用强硬的态度保护自己，可是这样的反差，却更让人觉得怜惜。

蜗牛般的行走速度下，袁野终于将叶晓绫安全送达了花源馆的门前，却见道馆里灯光明亮，一位穿着泛黄破旧道服的中年男人正醉醺醺地倒在大厅的中央，睡得鼾声叠起。

叶晓绫的父亲？袁野的心中立刻有了答案，再看一看大敞的房门，也不由得有些心酸。

不知道她每次看到眼前这样的画面都会是怎样的心情呢？

袁野蹑手蹑脚地穿越了道馆的大厅，先是费了九牛二虎之力将八爪鱼一样抓着他身子不放的叶晓绫送回房间，按在床上，又转身准备关门，却在看到床上她微微皱起的眉头时愣了一下：他要怎么办？就这样离开，扔下仍然醉到不省人事的叶晓绫不管不顾吗？

可是……

锋利的眉微微皱起，他有些苦恼地叹了口气。

他根本不知道要怎样照顾一位醉酒的人啊！印象里几次自己应酬过后喝得酩酊大醉，身边都是有一群人在忙忙碌碌，除了买解酒药他还能做些什么？

正苦苦思索着，忽然听到原本已经倒在床上进入睡眠状态的叶晓绫发出了一声“求救信号”：“我要喝水！”

水吗？

满头雾水的袁野一秒钟也不敢耽搁，先是手忙脚乱地找到水杯倒好了一杯温水，小心递到了叶晓绫的唇边，看着她一点点喝下去，然后……

“我想吃苹果！”倒在床上的叶晓绫笑嘻嘻地比了一个苹果的形状，声音中带着撒娇的味道，“最甜的那种！”

刚刚在椅子上坐定的袁野先是一怔，不由被叶晓绫的笑容恍得失了神，身体好像不受控制了一样去冰箱里找来了苹果，笨拙地洗好，削皮。

他到底在做什么啊？冷水刺激了他的思维让他有瞬间的清醒，却在听见叶晓绫的轻声嘟囔后又忙活儿开了。

在接下来的一个小时里，叶晓绫好像高高在上的女王一样不断发出各种令人匪夷所思的神奇指令，然后面带笑容地看着眼前的“陌生人”像一只不停旋转的陀螺，满头大汗的将各种东西送到自己的手中……

叶晓绫心安理得地倒在柔软的床上，虽然在酒精的作用下头脑有些昏昏沉沉，有时没有办法认清眼前这个修长的身影到底是谁，可是这种被人体贴照顾的感觉真的是非常幸福啊。

于是她再次懒懒的伸出手来，底气十足地命令道：“再倒一杯水！”

十几秒的时间不到，又一杯温水乖乖送到了她的唇边，低沉而模糊的声音仿佛最动听的摇篮曲，抽离了她最后一丝精神：“别着急，慢点喝不好吗？”

她懵懵懂懂地握住温热的水杯，双眼忽然感到一阵湿润，像一只小奶猫一样她情不自禁地开口轻声呢喃：“妈妈？”

如果妈妈还在这个世界上，一定也会这样无微不至地照顾她，陪伴她吧？

拖住水杯的修长手指猛地一顿。

袁野的心脏好像被无数细小的尖刺狠狠揉搓，疼得几乎无法呼吸，他无言地望着叶晓绫单纯的面孔，还有嘴角那抹满足的笑容……

第八章 泄漏身份的危机

这其实才是深藏在她心里最深的感情吧？

强忍着心中的酸楚，袁野先是耐心等她喝完了杯中的温水，然后抬手轻轻揉了揉她的头发，低声说道：“先休息吧？好不好？”

他会陪在她的身边。

没有听到对方的否认，叶晓绫忽然高兴得像个孩子一样不停点头，生怕惹恼了“妈妈”会让她再次消失，连忙将水杯乖乖放手，扯着被子重新躺好，支着双眼又怔怔地盯着“妈妈”看了一会儿，才缓缓闭上了双眼。

袁野的手指仍然停留在她的发顶，轻柔而又节奏感的轻轻拍打着。借着微弱的灯光，他安静地凝视着叶晓绫沉睡中的面孔，好像时间就这样凝固了一样，不会前进，也不会倒退。

“睡吧，等你醒过来后，一切都会变好的。”没过多久，他的最后一句低语也融在这片温暖的黑暗之中了。

睡吧，我就在你身边。

2

当晨时的第一缕阳光暖洋洋地洒在脸颊上时，叶晓绫的耳边也同时响起了一阵极其陌生的音乐，将她直接从甜美的梦境中拉扯出来。

她先是不情愿地在床上翻滚了几周，最后干脆将枕头按在脑袋上，可是声音却并没有消失。

这是什么奇怪的音乐？她还没有睡醒好不好？

忍耐了几秒后，那段音乐似乎还没有停止的预兆，她隔着枕头发出一阵愤怒的号叫，索性伸出手去四处胡乱摸了摸，忽然摸到了一个暖暖的东西。

叶晓绫的手一僵，整个人瞬间精神了不少，又继续壮着胆子用力掐了掐……

这种手感，好像不是什么毛绒玩具？而且她的房间里也根本没有这种的东西啊！

奇怪的音乐还在耳边交缠，挑拨着她已经开始混乱的神经，叶晓绫一咬牙，一狠心，随心再次加大力量，狠狠揉了一把！

“啊——”

紧接着是一阵痛苦的尖叫，然后是什么东西翻滚下床了的巨大响动！

叶晓绫立刻变为了一只高度警惕状态的兔子，她惊恐地扔掉枕头，眨眼的工夫已经摆好了御敌状态，大吼一声：“是谁！”

这种时候竟然有人在她的房间里……还躺在她的身边？

因为昨晚醉酒的缘故，叶晓绫只觉得现在头脑还昏昏沉沉，眯着眼睛分辨了一会儿，才开始看清被自己“掐”到了床下的倒霉身影。

只见袁野正顶着一头凌乱的黑发蜷缩着倒在地上，五官因为疼痛而渐渐扭曲，甚至连嘴唇都咬得发青。

他一只手正小心地揉捏着被撞到的额角，另一只手还不忘摸索着去找“罪魁祸首”手机，只抬眼瞟了一下，褐色的双眸中明显闪过一丝怒意，然后直接在屏幕上一划，粗暴地挂断了电话，那陌生的奇怪音乐也跟着戛然而止。

叶晓绫的下巴几乎要掉到地上了，她来回看了看自己跟袁野此刻的奇怪姿势，有些难以置信地开口：“你怎么会在这里？”

她好像只能勉强记起来，昨晚袁野带她买了漂亮的衣服和鞋子，然后去了“Nirvana”的欢迎会，她喝了几杯酒，然后……

听到这个问题，袁野的脸上也出现了迷茫，他修长的手指在额角停留了片

刻，随后低低地啊了一声，有些疲惫地回答：“你还记得自己喝醉了吗？”

叶晓绫歪着头思考了一会儿，怔怔地摇了摇头。

不过她对酒精的抵抗力的确是很差……

袁野无奈地望着她：“也不记得是怎么回到这里的？”

叶晓绫继续天真地摇头。

袁野抱着最后的希望继续问道：“昨晚发生了什么也没有任何印象吗？”

他可是被她当成保姆一样使唤了一晚上，好不容易等天快亮了她也睡熟了，自己才眯了会儿，没想到还没睡醒，就受到了这样的粗暴对待！

发生了什么？

叶晓绫听清他的话浑身冷汗直流，忍不住脱口而出：“难道昨晚发生了什么吗？”她的脸颊又开始涨得通红，“难、难不成……”

几乎很少喝酒的她只记得高中毕业的时候，她不小心喝多了几杯，不仅险些失手打伤了老师，还砸坏了餐厅不少的贵重物品，用吕颜的话说就是“醉后武力值噌噌噌地长”……

叶晓绫委屈得鼻子发酸，却不知道该怎么办才好，偏偏袁野莫名其妙地盯着她看，好像她昨晚真的做出了什么不可理喻的事情一样。

“暴力狂”的形象在袁野的心中已经无可挽回了吧？

袁野正好奇着叶晓绫口中的“难不成”到底是什么事情，却见她忽然悲哀地收回双手，捂住脸颊，慢动作一样重新跌回到床上，再次将脑袋一点点埋进枕头里……

这是宿醉还没有醒吗？怎么一大早表现得这么奇怪？

虽然在睡梦中被强行吵醒，还被她毫不客气地掐到了地上，不过袁野还是勉强支起身子，担忧地走到床前，身子微微前倾，刚想询问叶晓绫此刻的状况，就听到身后的房门发出了一声巨大的响动！

大片的阳光打破了房间中的黑暗，袁野下意识地眯起眼睛来，只能看到一个雪白的身影气呼呼地冲了进来，手中似乎还拿着一支……扫帚？

“晓绫！发生什么事情了？”凌铮满脸慌张地挥舞着手中的扫帚高问出声，却在看见眼前的这一切时，完完全全待在那里了。

他平日里那个比男生还要彪悍的师妹叶晓绫此刻正仓鼠一样低着头把脸埋在手里，只隐隐露出绯红的脸颊，而站在床前的这位男性……

他怎么会一大早在晓绫的房间？

他又怎么会和晓绫这样亲近？

他们现在又在做什么？

无数个疑问来不及问出口来，却见叶晓绫的脸颊好像被涂上了一层新鲜光亮的番茄酱一样，愈发红得不可收拾，而上一次见面时还谈吐得体，大方自然的袁野此刻也涨红了脸，却仍然保持着最后的镇静，露出一个很不自然的笑容，柔声说道：“我希望你可以听一听我的解释……”

凌铮瞪圆了眼睛，过了很久后，写满了震惊的面孔上竟然难得地出现了一个极其欣慰的表情。“大师兄，你先离开好不好？”

她现在真的非常需要冷静！

“我、我先离开……”凌铮立刻憋回脸上的笑容，朝着房门的方向后退了几步，颇有深意的目光又再次落在袁野的身上，然后轻飘飘地开口，“我们家晓绫……以后就拜托你了！”

袁野看着他的脸色从铁青到红润还有些摸不着头脑，下意识地反问：“交给我？”

叶晓绫的身子一僵，猛地抬头顶着通红的脸蛋朝着凌铮的所在位置怒视而

泄漏身份的危机

去，嘴唇轻轻颤抖了几下，却发现自己什么也说不出口了！

她该从哪儿开始解释？昨晚的欢迎会？那只会让凌铮的想象更加不可收拾吧？

不过现在……

她有些心虚地偷瞟了一眼此刻的状况。

“如果对她还有什么想了解的，尽管来找我，不要客气！”凌铮的一只脚已经退出了门外，却还不忘记唠唠叨叨，“相信你一定会照顾好晓绫的！啊……早饭已经做好了！我还有事，先走了！”

说完，他挥了挥手中的扫帚，做出了一个加油的动作，砰的一声又将房门关得严严实实，只留下几片轻盈的灰尘交错在半空中飞舞。

袁野也终于回过神来，昏暗的光线中，可以勉强看到他的脸颊似乎也一点点染上了淡淡的红色。

呼！

叶晓绫心脏的速度又开始不停加快，只能下意识地扯着枕头发泄心中不安的情绪。

这个家伙在害羞什么啊！难不成昨晚他真的看到了自己酒后的丑态，以至于现在都无法释怀？

“喂，你……”在心中经历了一番剧烈的挣扎，叶晓绫还是决定先发制人，“到底为什么会这样？”

她只隐约记得那些热情成员递来的酒杯，还有他身上熟悉的味道和模糊的低喃，好像还看到了妈妈的身影？

清亮的声音打破了脑海中最后的迷乱，袁野下意识地轻咳了几声，低声回答：“你昨晚喝醉了，我送你回来，然后……”眼前突然浮现自己端茶倒水忙忙碌碌的可悲模样，他怔了怔，干脆选择将这段回忆尘封，“我也太累了，不小心睡着了。”

平淡的语气，只有仍然泛红的侧脸出卖了他此刻的情绪。

说出来谁都不会相信吧，含着金钥匙出生的自己居然还有给人使唤的这一天？而且自己还是心甘情愿？

疯了疯了。袁野努力把翻涌而来的害羞压下去，保持平常的样子。

叶晓绫疯狂跳动的心脏开始逐渐走向正常，她扔掉枕头，动也不动地盯着他看：“真的？我没有……做出什么可怕的事情？”

比如乱拆东西，对着人家大肆指挥？

袁野的嘴角颤了颤，眼中闪过一抹忍俊不禁的光芒，却又很快消失：“没有，只是偶尔吵着要喝水而已。”

“这么说是你在照顾我？”听到这样的回答，她有些愧疚地抿了抿唇，“其实我还以为自己在做梦，梦里妈妈给我削好了苹果，还给我递来了温水，没想到那个时候真的有人陪在我的身边……”她的声音忽然变得有些颤抖，“那是我很久没有感受过的感觉了。”

准确来说，自己都已经快要忘记那种温暖了。似乎已经习惯了遇到事情一个人去做一个人去处理，早已忘记了自己也是个女孩子，需要爱，需要温暖，也需要……细心的呵护。

虽然妈妈没有真正的出现，可在最孤单、最无助的时候，竟然真的有人陪在她的身边。

在她细碎的低语中，袁野的目光渐渐变得温柔起来，想起昨晚她有些赖皮地扯着自己手腕撒娇的模样……

他的嘴角不禁微微向上扬起。

第八章 泄漏身份的危机

那也是一种很温暖的感觉。那也是一种很依赖的感觉。

仿佛整个世界，只有彼此才是最舒服的港湾。

原本就格外安静的房间此刻好像完全与外面的世界隔绝了，只有窗外几声清脆的鸟鸣仿佛童话里的音乐，伴随着钟表轻微的响动，在耳边荡漾开来。

叶晓绫抬起头来，却在不经意间和袁野的目光相对。

扑哧——

像是从对方的眼捕捉到了什么有趣的东西，叶晓绫只觉得脸部紧绷的神经在那一刻全部松缓下来，忍不住发出了一声愉悦的轻笑，打破了残余在空气最后的尴尬气息。

话说……袁野照顾她的样子还真的是很难想象啊！

看着眼前脸颊微红的袁野，叶晓绫竟然起了恶作剧的心思，上前靠近他不停打量着，忽然一声轻叹："如果昨晚我能清醒一点就好了，完全不记得你照顾我的时候到底是什么样子……"

袁野的眉头跳了跳，脸上的笑意瞬间消失得无影无踪："只是为你倒了一杯水而已！"

"那也很难得呀！"叶晓绫笑眯眯地反驳，"如果我能拍下来……"

"突然觉得肚子很饿。"袁野咬牙切齿地露出了一个还算平和的微笑，"你呢？"

这么明显的转移话题……

叶晓绫克制着想要放声大笑的冲动，脱口回答："我还不饿……"却被袁野一个危险的眼神吓退，只能默默地吐了吐舌头，故作认真地点了点头，"其实有一点……我带你去尝尝大师兄的手艺吧？"

袁野彻底松了口气，也终于恢复了往日的风度："谢谢。"

叶晓绫摆了摆手，一路将袁野带到了旁边的厨房，只见桌子上早就整齐地摆好了两套餐具，连两只椅子的位置也明显被刻意移动过，比平时的距离要近了一大半。

凌铮这个家伙……

叶晓绫悄悄瞥了一眼袁野，只见他的目光也有些错愕的在椅子上停留了一秒，随后装作什么都没有看到的模样，反而率先走上前去，体贴地将椅子拉开，含笑看着她。

脸上刚刚被熄灭的温度再次燃烧起来，叶晓绫故作镇定地屏住呼吸，忽然想起了不久前凌铮说过的话——相信你一定会好好照顾晓绫的！

现在的袁野，难道不是在照顾她吗？

他是默认了凌铮的话了吗？

盘子里的面包被烘烤得酥软可口，可叶晓绫的心思却完全不在早餐的身上，一只手刚刚碰到了果酱的罐子，就忽然听到外面响起了一个焦急的声音，还隐约带着哭腔："晓绫！你在不在？最新的那一期视频出问题了！"

突兀的喊叫打破了这一刻美好的宁静，好像阳光下被风吹散的泡沫。

叶晓绫先是有些迷茫地朝着声音的方向望去，透过房门的缝隙，可以看到阿耐正满头大汗地站在花源馆的门外，踮起脚来不停张望。

袁野的目光却霎时变得犀利起来，他蹙起眉头，若有所思地将手中的餐具放回原位，忽然想起了什么似的，拿出手机，打开微博……

几秒过后，他的目光定格在一行小字上，眸中冰冷的怒气一闪而过！

只见微博热搜第一的位置早已不再是关于约战的消息，更不是其他引人注目的各类新闻，而是——

乱码的真实身份。

第八章 泄漏身份的危机

充满青涩和甜蜜的早晨，在这一刻戛然而止。

3

叶晓绫的房间里，阿耐一脸愧疚地坐在最角落的位置，偶尔瑟缩着抬起头来想要说什么，最终却是紧紧闭上嘴巴，好像鸵鸟一样将脑袋垂得低低的。

“别紧张，发生了什么慢慢说。”叶晓绫将一杯果汁放在阿耐的面前，柔声安慰。

“我……在做上一期视频的时候是在凌晨……”阿耐的双手紧张地握住杯子，“因为太晚了，整个人也很清醒，所以……”

被她紧绷的情绪所感染，叶晓绫也不由吞了下口水，忍不住追问：“所以什么？”

阿耐做事一向都是非常谨慎的啊！

“你的声音没有处理好，在视频中曝光了！”阿耐的身子也开始颤抖起来，“现在大家都知道你是女孩了……对不起，晓绫，我是真的没有想到……”

她委屈的声音渐渐低了下去，只剩下细碎的抽泣声。

怦怦！

叶晓绫呆呆地望着她，心跳突然漏掉了一拍！

身份已经开始暴露了吗？

叶晓绫忍不住咬紧牙关，不愿暴露身份本来就是不想跟这个圈子有太多的牵扯，而现在——在看到阿耐愧疚的神色时她再次变得心软。

想必阿耐现在也一定很自责吧？

“没关系的，你先不要哭。”她在阿耐的耳边轻声安慰，“只是声音没处理好的话……”

“真的只是因为自己的马虎吗？”一直沉默不语的袁野突然开口了。

阿耐和叶晓绫齐刷刷地朝着他的方向望去。

只见他面无表情地坐在阿耐的对面，修长的手指在手机的屏幕上有些烦躁地滑动着，眼中的冷意也越来越深。

好冷！

叶晓绫不禁打了个寒战！

这和前一刻的袁野完全不一样啊！好像每次在面对阿耐的时候，他都会变得有些冷漠和严苛……

“不是马虎的话，又会是什么呢？”叶晓绫忍不住维护自己的朋友。

袁野有些漠然地勾起嘴角，淡淡地收回落在阿耐身上的视线，完全无视了她一脸心虚的表情，轻声说道：“没什么。阿耐，晓绫以后就是我们‘Nirvana’的成员了，在我的团队中是不允许出现这种错误的。”

连他的声音都冰冷得让人感到害怕。

阿耐有些愤愤地抬起头来，刚要反驳，却被叶晓绫焦急的抢先一步：“袁野！她从来没有出现过这种错误的，就原谅她一次不好吗？”

她不能让阿耐失去这份重要的工作！

面对叶晓绫的疑问，袁野有些阴郁的神色变得缓和：“晓绫，有些错误是一次都不能容忍的，无论是有心，还是无意。”

他似乎是刻意咬重了最后两个字，阿耐的脸色瞬间变得苍白如纸！

袁野则饶有兴趣地观察着她愈发难看的神色，一字一句地继续说道：“如果晓绫的身份公开，就会得到极大的关注，想必在收入方面……”

第八章 泄漏身份的危机

“够了！这件事情是我不对！”阿耐惊恐地打断了袁野的话，转而含着眼泪拉起叶晓绫的手，“晓绫，你怪我好了。”

袁野发出一声极轻的嗤笑，褐色的眸子冷漠地转向窗外。

“其实也没必要这么紧张啊！就算被大家知道我是女孩又会有什么关系？”被阿耐的眼泪和袁野的态度吓到，叶晓绫无奈地长出一口气，反握住阿耐的双手，“我不会怪你的。”

到底有什么办法可以让眼前这两个别扭的人友好相处呢？

还在哭泣的阿耐得到了叶晓绫的安慰，却仍然不安地朝着袁野的方向瞟了瞟，再次压低声音：“那这次应该怎么办？”

“什么怎么办？”叶晓绫瞪圆了眼睛，只觉得大脑再次死机了。

“现在微博上都已经传开了啊……甚至……有人说这是炒作……”阿耐小声回答。

又是炒作！

叶晓绫只觉得脑袋里装满了炸弹，根本摸不清可以解决问题的头绪，只能抿起双唇，忍不住看向陷入了沉默的袁野。

如果是他的话，一定会找到最快、最佳的解决办法！

于是她用眼神示意阿耐不要继续担心，随后以蜗牛般的速度一点点向他靠近。

一步、两步、三步！

就在嘴角即将迈出第四步的时候，一直望向窗外的袁野忽然敏锐地转过头来，无奈地开口：“有什么直接说出来就好啊！鬼鬼祟祟的做什么？”

叶晓绫被吓得一声低呼，却不得不挤出个讪讪的笑容来：“我是看你心情好像很差，还在生气吗？”

生气？

袁野有些哭笑不得地扯了扯唇角：“你认为我在生你的气吗？”

“那不然是为什么？”叶晓绫鹦鹉一样呆呆地重复着。

看着叶晓绫呆头呆脑的模样，袁野只觉得太阳穴都在突突乱跳，偏偏怎么也发不出脾气，最后只能投降似的摊开双手，叹着气解释：“我并没有生气。”却见叶晓绫脸上写满了不信任，只能认真地补充，“我是在想解决的办法。”

果然！

叶晓绫的眼睛瞬间变得明亮起来，“已经想出来了吗？”

她就知道袁野一定可以的！

袁野双唇微启，刚想回答，却被她眼中充满了期待和信任的光芒牢牢攥住，脸颊又不受控制地泛起一片暖意，让他不得不移开视线，有些匆促地回答：“先不要发表任何声明，等约战事情结束后，和你加入‘Nirvana’的消息一起正式宣布，毕竟约战的时间就是明天了。”

“这样啊……”叶晓绫似懂非懂地点了点头，“虽然不是很清楚，不过交给你就可以了吧！”

想起初次见面时，面对无数的记者和少年刁难时他淡定自若的模样，想起古南曾骄傲地和她说过：袁野是非常出色、非常努力的伙伴。

还有昨晚他体贴温柔地将水杯端到自己嘴边那模糊的身影……

只要有他在，什么事情都不用害怕，不对吗？

听着叶晓绫充满肯定的回答，袁野的眼中闪过一抹异样的神采，声音也变得有些沙哑：“你真的这么相信我？”

叶晓绫毫不犹豫地点头又点头！

泄　漏　身　份　的　危　机

袁野眸中的温柔仿佛全部化开了一般，忍不住伸出手去，再次揉了揉叶晓绫的头发。

“笨蛋。”他的声音那么轻，很快就和阳光融成了一片。

感受到袁野指尖微凉的温度，叶晓绫下意识地瑟缩了一下，却看到了他那双水晶般清澈的双眸专注地落在了自己的脸上，好像在凝视着什么昂贵而脆弱的珍宝。

心中的小鹿又不合常理地撞了撞，她不禁傻傻地弯起嘴角来。

有了这种无论发生了什么都会有他挺身而出的感觉，就算被当成笨蛋也无所谓吧？

此时的两人却都没有注意，坐在一边的阿耐突然捏紧的双手。

4

微博上有关乱码真实身份的讨论仍在热火朝天地进行中，而已经完全选择相信袁野的叶晓绫干脆将手机扔到一边，只静静等待约战的视频发布，并且拼命祈祷不要再有其他的意外状况发生。

“明天约战的视频就要发布了，记得早一点来公司，木木说要给你一个惊喜。”苦口婆心交代完了所有的事情，袁野蹙着眉头按掉了古南今天早上的第十二个电话，匆匆忙忙向外走去，“我还有事情要做。”

叶晓绫拍着胸脯向他保证：“放心吧！我会给大家带早餐去的！”

袁野略带暖意的目光又在她的身上停留了几秒，抿唇一笑，这才真正的转身离开，留下叶晓绫仍然呆呆地站在后面，陷入了新一番的沉思：

虽然认识袁野的时间还不久，可是她怎么有一种奇怪的感觉——

好像自己的生命都有了改变！难不成是他的身上真有某种神奇的魔力吗？

“晓绫，你还好吗？”好像仍然处于低落情绪的阿耐打断了叶晓绫的思索，她猛地回过神来，发现阿耐的双眼肿得像是核桃。

她一定还在愧疚中无法自拔吧？

“今天的事情不要放在心上，既然袁野说了可以解决，就一定不会有事的！”叶晓绫有些心疼地安慰道。

“我知道，可是毕竟是我做错了事情，所以……”阿耐忽然抬手握住了她的手腕，“晓绫，可以把袁野的电话给我吗？我想向他亲自道歉，亲他给我机会还给你做视频！”

听到这样恳求的请求，叶晓绫先是一怔，随后却忍不住笑出了声来：“阿耐，你不要害怕，袁野真的不是那么恐怖的人！”

甚至从各个方面来看，他还有些意外的温柔呢！

话音刚落，却见阿耐的眼圈更红了，晶莹的泪水在眼眶中摇摇欲坠，支吾着挤出了几个字来：“拜托了，虽然刚刚他就在我面前，可是我却怎么也鼓不起勇气，只能以这样的方式……”

从没见过阿耐这副神情的叶晓绫着实被吓了一跳，更是连拒绝的话都不敢再说出来，只能举旗投降：“好！我给你！不要再哭了好不好？”

其实仔细想一想，袁野在得知她的身份被曝光时的表情的确很恐怖，现在回想起来，她还能感受到那种仿佛来自北极的冷意……

阳光下的叶晓绫不由再次缩了缩肩膀。

也不怪阿耐会这样害怕……

于是她痛痛快快地掏出了手机，找到了袁野的电话发给阿耐，还不忘继续安慰：“总之你不要再愧疚了，安静等我的消息就好……”

第八章 泄漏身份的危机

话没说完，阿耐却早已经迫不及待地点了点头，匆促地道了谢，纤细的身影飞快地消失在了她的视线中。

叶晓绫没有多想，转身进了道馆。早上这一折腾，给孩子们上课的时间也快要到了，她得赶紧回去换道服。

人来人往的马路上，双眼红肿的阿耐朝着袁野消失的方向一路狂奔，只看到他修长的身影钻进路边的出租车离开的情形。

她有些不甘心地咬了咬唇，抬手拨打了袁野的电话号码，没过多久就听到他低沉的声音响起：“哪位？”

“我是阿耐。”她简单明了地介绍了自己的身份，“关于今天发生的一切，我想郑重和你再次道歉……”

“不要说了，我没有时间听你这些无聊的谎话。”袁野冰冷地打断了她的解释，“你在背后克扣晓绫收入的事情我早就知道了，如果不想要晓绫知道，以后就不要出现在她的面前。”

阿耐的脸色瞬间变得铁青：“你是在威胁我吗？”她的声音开始变得有些阴沉，“袁野！要是你继续插手我和晓绫的事情，我一定会让你后悔的！”

袁野漠然地回答：“你要做什么都与我无关，不过只有一点，我希望你可以记住——”他话语中的冷意仿佛已经凝成了一片寒冰，“绝不允许再做出伤害晓绫的事情。”

处理声音时候出了错？这种荒唐的理由也只有叶晓绫会相信吧？

分明就是想要借着乱码的身份曝光进行一番炒作！

电话的另一端，阿耐的呼吸变得愈发粗重起来，最终只能咬牙切齿地挂断了电话，她浑身冰冷地站在街头，眼中惊惧交错，险些将手机摔在地上。

过了很久，她无力地靠在路边的椅子上，再次拿出手机，翻找不久前的视频录像，颤抖着打开，袁野和叶晓绫的身影清晰可见，还有古南略带调侃的话语响起——

“其实袁野所有的游戏视频都是我操作的哦！后期也是我处理的！这也是他从来不参加直播比赛的一个原因……”

“因为那样会直接暴露他糟糕的操作技巧！”

手机中吵吵闹闹的声音在耳边变得时近时远，阿耐反复将视频看了许多遍后，眼中忽然浮现一丝阴暗的光芒。

既然你这样对我，那就不要怪我不客气！

她一定要袁野付出惨痛的代价！

我的陪伴不会让你孤单

1

清晨，桌子上的闹钟指向了六点整，有些清冷的阳光俏皮地顺着窗子的缝隙洒落在整洁的地板上，仿佛一片晶莹的水晶碎片，散发着柔和却璀璨的光芒。

丁零零——

桌上的闹钟只响了一声，原本还缩在床上的叶晓绫却条件反射似的伸出手来，将它粗暴地按回了原位，随后弹簧一样跳起来，四处摸索着手机。

因为昨天发布了有关约战的视频，她太关于微博动向导致凌晨才入睡，连梦里的自己都是表情扭曲地盯着手机上的内容，生怕看到丁点的质疑和谩骂。

现在已经过去了整夜，不知道还会不会发生什么新的变化？

她一边忐忑地思索着，一边打开了微博，心脏也扑通扑通跳得飞快，却见微博热搜第一的王冠果然还牢牢的戴在约战有关的话题上！

呼！

叶晓绫不禁屏住呼吸，点开第一条微博内容，缓缓滑动着屏幕，看着下面密密麻麻的评论，她已经紧绷到了极限的神经才开始逐渐松懈下来。

还好……大多数都在讨论游戏对局的事情，只有少数的网友还争吵着有关她的真实身份。

第九章

我的陪伴不会让你孤单

想到这里，叶晓绫不由轻轻弯了弯嘴角。

果然袁野说得没错，先保持沉默，用约战的事情转移注意力，在公布她正式加入团队的同时曝光身份，这难道不是两全其美的事情吗？

好像一颗沉重的巨石终于重新落回了肚子里，叶晓绫长出一口气，只觉得浑身上下都变得轻松了起来。

这算是在她加入袁野团队后成功的第一步吗？自己这次没有给团队造成不好的后果，应该可以刷一点点好感度吧？

叶晓绫重新栽倒在柔软的床上再次陷入了沉思，眼皮却变得越来越沉，可刚刚闭上了双眼，就听到扔在枕边的手机突然发出了一声刺耳的响动，提示有新的短信。

搞什么？难道就不能让她好好休息吗？

她烦躁地重新抓起手机，却在看到内容的那一刻猛地从床上重新弹了起来！

醒了吗？现在可以到公司来吗？我父亲想要见你。

她不是已经睡着了吧？现在会不会做梦？为什么袁野的父亲要见她？

叶晓绫抬手狠狠在胳膊上拧了一把，顿时疼得一声惊叫！

看来不是在做梦……

想起袁野父亲那张冰冷、严肃的面孔，向来天不怕地不怕的叶晓绫也起了退缩的念头：难不成是他也知道了她要加入的消息，却因为自己曾闹出过不好的新闻而厌恶呢？

不祥的预感在她的心中扩散，叶晓绫一刻也不敢耽误，径直奔向了门外，恨不得立刻抓着袁野问个清楚，同时心中也打起了小算盘：如果袁野父亲真的因此拒绝她的加入，她又该怎样改变自己在他心中的糟糕印象呢？

一路思索着赶来了袁野的公司，叶晓绫不经意间瞟到了玻璃窗前自己的身影——仍然是普通简单的T恤，毫不起眼的牛仔裤，因为太着急过来，甚至连头发都没有梳好……

拜托！她为什么没有好好打理一下？

要是被认为不重视长辈，只怕事情会更糟糕吧？

毕竟袁野已经很为难了！

她有些懊恼地咬了咬双唇，正犹豫着是否要回去换个衣服再来，却忽然听到身后一个熟悉的声音响起："这么快就赶来了吗？"

听到这个声音，叶晓绫的眼睛顿时一亮，她猛地转过身去，先是直直地盯着身后的袁野看了几秒，好像捉到了救星一样扑到了他的面前，紧张地压低了声音："叔叔是不是很生气？"

"生气？"被她神经兮兮的模样吓了一跳，袁野的眸中闪过一丝疑惑，"他怎么会生气？"

"那他为什么要见我？"叶晓绫也同样疑惑地瞪大双眼，"难道不是因为得知了我要加入团队所以大发雷霆吗？他没有因为这件事情责怪你？"

她到现在还没有做好心理准备呢！

袁野微怔，不禁垂头打量她微红的脸颊，只见她小鹿一样的眸子不安地四处闪动着，花瓣般的双唇轻轻颤抖，完全找不到丁点平日里那个"暴力少女"的痕迹。

她是在为自己担心吗？

想到这里，袁野唇角的弧度也变得柔和起来，低沉的声音恍若一阵徐徐的清风："如果父亲真的拒绝你的加入，你会怎么办呢？"

叶晓绫心中的不安顿时暴涨，她垂在身侧的双手渐渐握成了拳头，却竭力让自己的声音听上去平静一些："那……你的想法呢？"

她已经和他达成了约定，要成为他梦想道路上强有力的肩膀，孤单无助时的陪伴。

更何况，父亲曾经说过，只要决定坚持的事情，无论过程有多么艰难、无论遇到了怎样的阻碍都不能轻易放弃啊！

蔚蓝的天空，几片相叠的云朵被风吹得飘散开来，被遮挡的阳光如倾盆的瀑布，倾洒在这个城市的每一个角落。

久久没有得到袁野的回答，叶晓绫有些忐忑地抬起头去，却发现他正安静地凝视着自己，褐色的双眸中满是温柔而坚定的色彩。

怦怦——

她清楚地听到自己的心跳漏掉了一拍。

"我当然不会放弃。"他微微垂下头去，目光中带着震慑人心的力量，"所以我相信，你也不会。"

清冷却又熟悉的味道随着他的靠近一点点将她再次包围。

叶晓绫忽然感到骤停的心脏仿佛又灌满了鲜活的力量，像是一双无形却有力的大手，将道路上沉重的铁门一把推开！

不知是不是阳光的温度太过灼人，脸颊似乎又变得滚烫起来，她下意识地想要向后退去，却发现自己无论如何也不想避开袁野那双明亮璀璨的双眸，因为她从里面看到了对梦想的执着与狂热，甚至还有一丝难以言诉的欣喜与期待。

这就是梦想的力量吗？

像是受到了巨大的鼓舞一样，叶晓绫深深呼吸，脑海中的恐惧和不安顷刻间一扫而光，看着袁野明朗的笑容，她下定决心似的大声承诺：“放心！我一定会和叔叔好好商量的！”

至少要让他知道袁野的努力和付出，不要让袁野继续活在他巨大的光芒之下……

话音刚落，却听到袁野发出了一声低低的轻笑。

他此刻的笑声是那么的干净又纯粹，再也捕捉不到疲惫遮掩的痕迹，她甚至在他的唇角看到了一抹明亮的星芒……

“傻瓜。”袁野忍不住伸手揉了揉她的头发，“其实今天父亲要见你，不是因为想要拒绝你的加入，而是……”他刻意拉长了声音，“向你表示欢迎！”

“什么？”巨大的震惊过后，叶晓绫发出了一声震耳欲聋的尖叫。

她的耳朵没有坏掉吧？

“约战视频的发布还有你加入我们‘Nirvana’的消息在网上大获好评，同时也进一步提高了公司的知名度，父亲表示，他对这次的计划还是非常满意的，想要和你进行一次正式的见面。”袁野强忍着笑意，耐心地解释道，“他已经在办公室等你了。”

叶晓绫难以置信地瞪着袁野，可嘴角却不停地向上扬起：“也就是说……”

袁野赞同地点了点头，示意她继续说下去。

“我们终于开始得到认可了吗？”她的声音开始不受控制地发颤。

我 的 陪 伴 不 会 让 你 孤 单

这种感觉……真的好像做梦一样！

袁野含笑点了点头，随后步伐轻快地走到她的前方，眼中难得出现了几丝俏皮的神色，伸出手来朝着公司的方向指了指，好像在说：还在等什么呢？

叶晓绫心中一动，同样大步迈到了他的身边，唇角的笑容渐渐变得笃定而从容。

既然在这条梦想的道路上，他们谁也不会放弃逃避，那就没有什么事情会是那么可怕了！

“放心吧，晓绫。”袁野低沉的声音仿佛带着某种神奇的力量，“有我在。”

叶晓绫深吸一口气，在袁野温柔的注视下，快步向前走去，轻轻叩响了尽头的房门。

2

咚、咚、咚。

清脆的声音在走廊中回响，却没有得到任何的答复。

难道是敲门的声音太轻了吗？

叶晓绫咬了咬牙，再次加大了手上的力度，还没有等到回答，却听到吱呀一声——

房门竟然没有紧闭，是虚掩在这里的吗？

身后的袁野也发觉了事情的诡异，他微褐的眸中掠过一抹不安的光芒，随后也大步迈向了办公室的门前，低低地叫了一声：“父亲？”

仍然没有回答。

叶晓绫小心翼翼地探出头来，朝着房间里面望去：安静整洁的办公室，空荡荡的椅子，根本没有发现袁野父亲的身影，除了……

她的目光四处游走，忽然定格在桌下一只几乎摔成了碎片的水杯上！

“到底发生了什么？”叶晓绫一头雾水地走到了碎片的面前，看着碧绿的茶水在雪白的地毯上蔓延开来，“碎成这个样子，并不像是失手打翻的啊？”

更像是故意摔在地上的一样！

袁野的神色也渐渐变得凝重起来，却还是露出了一个安抚似的笑容，同样朝着碎片的方向走去，可刚刚迈出脚步，口袋里的手机就发出了一阵刺耳的响动，打破了此刻宁静。

古南的名字出现在了手机上，他几乎是想也不想就接下了电话，却听到电话的另一边，他焦急的话语在空荡荡的屋子中格外清晰：“袁野！你现在和袁叔在一起吗？”

袁野克制着心中愈发膨胀的不安，低声说道：“没有，我和晓绫就在办公室。”

古南啧了一声：“那就糟了！木木说他刚才看到袁叔怒气冲冲地从公司离开了！好像是因为游戏代打的事情暴露……”

“你说什么？”还没等袁野回答，叶晓绫忽然惊跳起来，眨眼的工夫就扑到了袁野的身前，一把抢过手机，“这件事怎么会暴露？”

明明约战的视频才刚刚发布不久！所有人还在为这场精彩的对局欢呼，甚至因为乱码的加入而充满了期待……

这会不会只是一个恶劣的玩笑？

第九章

我 的 陪 伴 不 会 让 你 孤 单

袁野的脸色也瞬间变得无比苍白，他一字一句地反问道：“什么时候的事情？”

“就是在不久前！网上出现了我和晓绫对局时的视频！就是视频！”古南气急败坏地高喊着，“现在还没查出来是谁发出来的，不过这人也真会挑时机！”

“你现在在哪儿？”袁野的呼吸渐渐急促起来，声音却仍然听不出丁点的慌乱，“我们见面商量一下对策。”

“你说商量……唉！视频可是铁证！除非……”一向无所顾虑的古南也变得无措起来，最终无可奈何地叹了口气，“我现在正在朝着公司赶去，相信过不了多久那些记者也会到那里，你出来躲一躲，停车场见。”

说完，古南就火急火燎地挂掉了电话，看来这次的突发事件真的非常严重。

叶晓绫从头至尾都木头一样握着手机，无法从这个突如其来的变故中回过神来，密密麻麻的冷汗从雪白的额角一片片渗出。

视频……怎么被透漏？

更重要的是……那天的对战视频又是从哪里来？

散落在地上的杯子碎片仿佛她此刻凌乱的心绪，她越是急躁地想要抓住一条有用的线索，却越是觉得难以捉摸，叶晓绫急得眼冒金星，却忽然感到袁野冰凉的手指握住了她的手腕！

“我们先去和古南汇合。”他的声音仍然充满了让人镇定的气息，“别害怕。”

她不由微怔，随后咬了咬唇，点头跟在袁野的身后，步步紧随。

无论发生了什么，都绝不会选择退缩！

仿佛已经开始和时间争分夺秒的赛跑，两个人飞快朝着公司的停车场赶去，毫无节奏感的脚步声交错着在耳边回荡，可刚刚走出公司的楼门，叶晓绫就被眼前发生的一切惊呆了。

不远处那块漂亮而精致的、喷绘着“Nirvana”标志的牌子上，被数不清的碎鸡蛋、颜料覆盖，只能隐约看见字母的边缘，也被浑浊的色彩晕染得模糊不清。

公司的门外不知什么时候已经站满了手持话筒、相机的记者，还有满面怒容的群众……

“是袁野！袁野出现了——”人群的某个角落里，一声惊呼在空气中炸裂开来，所有人的视线潮水般的涌向了他们所在的方向。

袁野错愕地后退一步，却又几乎是下意识地一把扯过叶晓绫，将她挡在自己的身后！

“你先回去！”他的声音中带着少有的命令味道。

叶晓绫踉跄着退后了几步，嘴唇嗫嚅了几下，然后拼命摇头拒绝！

她只觉得头脑嗡嗡作响，目光停留在那块脏兮兮的牌子上无法移开，连心脏都无法控制的抽痛了起来。

为什么事情会变成这个样子？

不是说她的加入乱码的身份都解释清楚了吗？不是说大家都很满意吗？怎么一瞬间却变成了这样？

她抬头看了看面前挤成一团的记者还有很多愤怒的玩家，他们的眼神里写满了不怀好意和失望气愤。

所以这个时候她怎么会将他一个人留在这里？

还没等袁野再次开口，人群中再次爆发了震耳欲聋的呼喊："代打的虚伪家伙！滚出电竞圈！不要再继续作秀了！"

"对啊！滚出电竞圈！"

"还假惺惺的发布什么和乱码对局的视频！难道你不觉得羞耻吗？"

愤怒的指责一波高过一波，像是一支支锋利而又无形的毒剑，从四面八方飞射而来！

袁野的双拳骤然收紧，原本脸颊上就所剩无几的血色正在以惊人的速度褪去，再次浮现了那抹疲惫却又自责的神色，最终化作了一片冷冰的漠然。

这种时刻，如果真的解释了什么，换回的只有更多的讽刺吧？

或许他早就该预料到，这一天总会来临的，不是吗？

可是……

站在门外呐喊高呼的群众并没有人在意他此刻的低落，那些记者的脸上甚至写满了"看戏"的表情，拼命将手中的相机对准袁野，不时发出犀利的提问："请问这次的事件你要给出怎样的回答呢？"

"代打这种恶劣事件给'Nirvana'造成的影响又该如何挽回？"

听着这些激烈的追问，叶晓绫因为绝望和惊恐而剧烈地颤抖着，她的喉咙干涩得恐怖，她想要为袁野争辩什么，可是那些怨毒的目光将她紧紧包裹，如果不是袁野还站在她的身边，她或许早就失去最后的力量支撑了。

这一刻，她切切实实地体会到了，舆论的力量，到底是多么的恐怖。

它比刀子还要杀人于无形。

它看不见摸不着，却带给人更深刻的绝望和伤害。

门内的保安艰难的维持着已经快要崩溃的秩序，叶晓绫死死地扯住袁野的手，脑中一个疯狂的想法一闪而过——

先带他离开这里！

他不能再承受这些突如其来的压力，他们身边还有其他的伙伴，一定会有更好的办法把这次的事件完美解决！

想到这里，她不顾一切地转过身去，用尽了全身的力量想要将袁野重新带回公司楼中，至少给他一些时间，至少……

她死死地抿起双唇，眼中满是倔强而心痛的神色。

至少不要再留在这里，默默无声的接受他们的指责了。

袁野的指尖是那样的冰冷，他木然地站在那里，任凭叶晓绫拉扯着自己仿佛已经失去了直觉的身体，恍惚中他抬起头来，却发现站在人群前方的几位少年忽然暴躁地举起双手来，将手中的石头狠狠地朝着他的方向丢来！

“虚假的人！滚出电竞圈子！再也不要出现了！”

坚硬的石头伴随着恶毒的诅咒在半空中划出一道凌厉的弧线，他有些疲倦地扯了扯嘴角，并没有想要躲闪的举动，好像整个世界都已经与他毫不相干。

啪的一声。

石头与皮肤接触的轻微响动在耳边响起。

袁野的睫毛轻颤，先是愣了一秒后，又有些错愕地抬眼望去。

想象中的疼痛并没有如期而至，只是原本站在他身后的叶晓绫不知什么时候竟然已经笔直地站在了他的身前！

她纤瘦倔强的身影在阳光下轻轻颤抖着，带着馨香的发丝拂过他的脸颊。

最重要的是……

第九章

我 的 陪 伴 不 会 让 你 孤 单

袁野的身子突然变得僵硬起来，他紧紧地盯着叶晓绫雪白饱满的额角，上面一片触目惊心的红色正缓缓浮现，额头上还沾着细碎的灰尘。

接二连三的石头和杂物从人群中飞射而来，几乎全部砸在了叶晓绫的身上、头上，她却好像毫无知觉一样，就那样动也不动地挡在了袁野的前方，嘴唇微启，清澈的声音中带着难以掩饰的怒意：“袁野，有时放弃要比逃避还要痛苦许多！你难道不明白吗？”

就算是暂时的逃避又能怎样？毕竟未来有那么多的艰难险阻，适时的选择退缩有时是为了更好地迎接下一次的挑战！可是如果选择了放弃……

那么一切都没有意义了！

袁野胸口一滞，终于从惊怒中回过神来，飞快地揽过叶晓绫将她护在怀中，刚想要开口指责她的鲁莽，却听到不远处古南的声音传来：“麻烦大家全部离开！今天不接受任何采访！”

随之而来的是大批的保安，终于将现场紧张的局面扭转，快门的声音、群众的呼喊、记者的追问也渐渐变得遥远，只有满地的石子、垃圾诉说着刚刚那场“战斗”的惨烈。

古南气喘吁吁地走过来，看着袁野惨白的面孔已经不忍心再多说什么，只是简短地交代了一下：“我先去处理其他的事情，门外还有一些记者不肯离开，你先和晓绫留在这里，等我的消息。”

袁野沉默了半晌，还是点了点头，可双手依旧紧紧地箍在叶晓绫的肩膀上，好像下一刻她就会消失一样。

古南的目光在二人的身影上停留了一瞬，轻轻叹了口气，转身离开了。叶晓绫这才从袁野的怀中探出头来，先是大口大口地呼吸着新鲜的空气，然后轻轻扯了扯他的衣角，小声问道：“你还好吗？”

袁野豁然松开了双手，声音中透着淡淡的沙哑：“没事。”

没事？

叶晓绫狐疑地盯着他上下打量，很轻易就从他眸中捕捉到了愈发暗淡的神色，好似天边坠落的流星一般。

怎么可能没事呢？只不过是硬撑着不肯说出口吧？

“我们先回去好不好？等到古南回来大家一起商量，一定会有好的办法解决的。”叶晓绫柔声安慰，“还有木木他们……”

话没说完，只听袁野冰冷的声音再次响起：“为什么要保护我？”

语气中带着一丝颤抖的怒气。

叶晓绫有些不解地望着他：“保护你……还需要理由吗？”

在那些石头飞射过来的前一刻，她身体的本能就已经替她做好了选择，所谓的理由……她根本想都没想过。

袁野沉痛的目光落在她额头受伤的位置，过了很久才低低地开口：“我或许真的只是一个没用的笨蛋吧？”他的唇角有一丝苦笑荡漾开来，“不仅搞砸了团队的名誉，最关键的是，在这种时刻……竟然还要你保护在我的面前……”

叶晓绫心中一沉，张口反驳：“不！你已经做得很好了啊！你的努力我们都是知道的！”

她记得袁野在说起自己梦想时那神采奕奕的双眸，也记得他在望向那些坐在电脑前努力练习的少年时是带着怎样温柔又期待的神色，更记得那个早晨他温暖地照顾自己的样子。

可是现在呢？

为什么他眼中的光芒正在一点点地消逝而去？

难道他真的想要放弃吗？

袁野的声音中透着浓浓的疲惫："努力么？难道我所谓的努力就是没有了你们的帮助就一无所获？"

就连那些石头向他砸来的时候都要她挺身而出，以一个保护者的姿态站在自己的面前，难道他要永远都要在别人的帮助下才能走向成功的未来吗？

小时候爸爸是他的保护者，长大后却是古南其实一直在帮他，而遇到叶晓绫之后，也是这个看着柔软的女生一直在身边保护着他，所以他以为的那些希望和自己的努力，其实仅靠自己根本就不可能完成吧，那么之前那个信誓旦旦的自己，就更像是个笑话了吧？

叶晓绫静静地望着他平静却又落寞的面孔，忽然抬手摸了摸额角发红的伤口，然后莫名地发出了一声极轻的低笑。

这笑声太过突兀，引得前一秒还沉浸在灰暗情绪中的袁野也不由抬眼望去。

"你不要为这些事情自责，这点小伤对我来说没什么的。"叶晓绫诚恳地盯着他的双眼，"我跟你说个故事吧。小时候我因为练习跆拳道经常受伤，那时花源馆已经快要到了倒闭的地步，父亲因此心情很差，对我的要求也更加严格，我总是没出息的躲在房间里哭，却一点都不觉得父亲可恶。"

儿时的场景仿佛再一次出现在了眼前。

她捂着被撞红的膝盖委屈地坐在空荡荡的道馆中，看着父亲严肃刻板的面孔，想要抱怨却不敢说出口来。

“不是每个人都可以轻易实现自己的梦想，甚至有很多人经过了一番努力后仍然一无所获，可是——”父亲的强有力的声音是那么的清晰，“如果你不去努力，就一点机会也没有了！”

叶晓绫嘟着嘴巴，小声说道：“可是我已经很努力了呀……”

明明其他的孩子每天只花两个小时的时间去练习，她却要花上四个小时甚至更多；明明其他的孩子只要稍稍扭到了身子就可以吵闹着想要休息，她却要咬牙坚持。

父亲皱眉望着他，缓缓问道：“晓绫，你真的喜欢跆拳道吗？”

叶晓绫立刻高声回答：“喜欢！”

她不善言语，没有什么特殊的兴趣爱好，却也只有在穿上这身雪白的道服时才会感到不同往日的热血沸腾。

“那你的梦想又是什么？”

“将花源馆发扬光大！”叶晓绫再次毫不犹豫地回答，“要所有喜爱跆拳道的人都来到我们的花源馆！”

父亲立刻露出了欣慰的神色：“没错，既然这是你的梦想，而且它还没有实现，你就要付出比常人更多的努力。”他的目光在有些破旧的道馆里游走，“虽然现在我们的花源馆仍然无人问津，可只要你的梦想还在，不去抱怨，最重要的是……不要放弃，就算最后失败了，过程也是值得回味的，不是吗？”

一股暖流在心中缓缓滑过。

她至今还记得在听到父亲那番话时，心中那股奇异的感觉，就好像一颗沉

第九章

我 的 陪 伴 不 会 让 你 孤 单

寂在深海中的心被一双无形的大手缓缓托起，最终逃离了这片幽暗的海底，触碰到了海外从未触及过的阳光。

永远都不要放弃，这才是让梦想继续前行的关键所在，不是吗？

袁野暗淡的眼眸浮现了浮现了一抹明亮的光芒。

看着叶晓绫微笑的面孔，他忽然感到浑身流失的力量一点点再次回到了体内，融在了血液中，就连心脏跳动的声音都变得极其有力。

他的声音也变得哽咽起来："可我现在仍然不够出色……"

如果他足够出色，有足够的能力可以支撑一切，或许现在这样的状况根本不会发生。

叶晓绫嘴角的笑容凝固起来，她再次向前一步，抬起头来正视他的双眼，坚定地开口说道："有我陪在你的身边，不是吗？"

既然她已经许下承诺，要在他梦想的道路上一路相伴，无论遇到怎样的困难都要共同面对啊！

袁野微怔，随后也不由发出了一声轻笑，眸中最后一丝灰暗的绝望也随之消散，有些不好意思地伸出手来揉了揉额角："你说得没错。"

她真的好像一只燃烧着的、滚烫的太阳，有她陪在自己的身边，他还在顾虑什么呢？

看着袁野的神色变得明朗起来，叶晓绫终于放下了心，长长呼了口气，伸手拍了拍他的肩膀："所以，不要因为一点小小的困难就退缩，接下来该怎么做，还要我继续说下去吗？"

袁野勾起唇角："先回公司，我会尽快想出紧急应对的计划，和古南一起商量。"

听到这样的回答，叶晓绫满意地扬起了下巴，二话不说，抓起袁野的手腕，转身朝着公司楼内走去。

这还差不多！

这才是她心目中那个遇到突然状况永远都是波澜不惊，可以第一时间找到解决办法的靠山袁野！

只要他不放弃，她也一定不会选择退缩的！

3

终于将坚持驻守在公司外的最后几位记者和愤怒的围观群众处理完毕，古南满身疲惫地回到了公司，原本心中还踌躇着该怎样安慰袁野的时候，却发现他正精神满满地坐在三楼的练习室，正坐在某位队员的身边商讨着什么。

而叶晓绫……

“古南，外面的事情处理得怎么样了？”正在和木木进行第二波对战练习叶晓绫立刻捕捉到了古南，直接扔了鼠标飞奔过去，“他们会不会继续发布对袁野不利的消息啊？”

古南勉强喘了口气，有些疑惑地瞟了袁野一眼，还是回答：“负面新闻还是会有的，现在还没有最直接的解决办法。”说着，他悄悄压低了声音，小心翼翼地询问，“袁野怎么样了？”

“啊……你说他？状态还不错啊！”叶晓绫的笑容忽然透出了几分狐狸似的狡黠。

这家伙虽然平日嘴巴里总叫嚷着只是想在袁野的身边找些好玩的事情，可到了最关键的时刻，最担心袁野的人反而是他好不好？

古南被她看得浑身不自在，索性干咳了两声，非常不自然地转移了话题：“接下来应该怎么办？需不需要找袁叔出面解决一下？”

毕竟想要控制住现在的场面，光凭袁野一个人的力量是绝对不够的。

话音刚落，只见叶晓绫脸上的笑意更深了，她眨了眨眼，刚要开口说些什么，却听一旁的袁野忽然淡淡地开口说道：“我这里暂时想出了几个简单的应对方案，正等你回来商量一下。”

说着，他干脆利落地从电脑上打开了几个已经整理完毕的文件，修长的手指点在最上方的位置，用眼神示意古南来到这边。

古南的脚步变得有些犹疑：这两个人的气氛好像又有点不太对啊！

可眼前的危机事件还没有解决，他只能选择乖乖来到袁野的身边，先是粗略地将屏幕上的内容浏览了一遍，忽然眼睛一亮，高声问道：“NEST大赛？你决定要参加吗？”

作为全国最受瞩目的电子竞技大赛，它的影响力在整个电竞圈子自然是不可估量的，其冠军奖励的总额已经达到了近百万之高，每次举办都会受到各界人士的狂热关注与追捧，袁野在这个时候选择加入比赛，难道是……

“袁野说，这种时候选择沉默并不是最好的办法，反而会受到更多的质疑。”叶晓绫缓缓走到了电脑前，“所以他认为，如今最重要的就是要证明自己的实力。”

毕竟只有拿出出色的成绩，才会得到大家的认可，不是吗？

古南认真思索了一下，不安地问道：“可是离大赛开始的时间已经不多了。”

“所以——”叶晓绫故意拉长了声音，高高地挺起了胸膛，“我要开始对他进行魔鬼训练了！”

原本她加入的任务之一就是给团队的成员进行正确的操作指导，而如今其他成员的水平一直都处在平稳正常的状态，她自然可以把全部的心思都扑在袁野的身上了！

更何况……

她不禁向袁野投去了一个充满了自信的微笑。

她相信袁野会是一个聪明出色的“学生”，她更会是一名尽职尽责的“导师”，毕竟她也是花源馆孩子们眼中的合格的教练啊！

“魔鬼训练？”古南差点咬到自己的舌头，“拜托，叶晓绫！先不说时间上来不来得及，你知不知道袁野对游戏操作的程度简直……”他一边说着，不由小心瞟了下袁野的神色，吞了下口水，“还是有些难度的。”

练习室里的几位队员嘴角抽搐了几下，好像在拼命忍耐笑意，却没有人敢真正笑出声来。

袁野的眉头挑了挑，平静的面孔上露出了一个让人浑身发冷的笑意，看得古南不寒而栗，刚想要逃之夭夭，却听他淡定的声音在耳边响起：“我有信心。”

叶晓绫也连忙举起手来：“我也有信心！”

说完，二人又是相视一笑，仿佛全然没有在意身边形色各异的目光，已经完全融入了旁若无人的世界。

古南先是一怔，随后咦了一声，颇有深意的目光在他们之间反复游走，还是忍不住问出口来：“我不在的这段时间发生了什么吗？”

第九章

我的陪伴不会让你孤单

为什么他总有一种感觉，这两个人之间的默契程度正以肉眼可见的速度飞速增长，甚至有一种将他排除在外的奇怪感觉了？

这种感觉让他非常的不爽！

想起刚刚发生的事情，叶晓绫的脸上闪过一抹可疑的红色，连忙垂下双眼，小声嘟囔："没什么啊！你快点告诉我，这个计划到底可不可行？"

说着，她还伸出手来揉了揉微微发烫的脸颊。

奇怪！明明前一刻还那么坦然地在袁野的面前说出"有我陪在你身边"这种话，怎么面对古南的时候就变得难以启齿了呢？

袁野的眸中隐含着笑意，不知不觉错开了话题："无论可不可行，这就是如今唯一的办法了，古南，NEST大赛队员名单的事情就交给你了，至于代打的事情只能暂时保持沉默了。"

虽然很不甘心，古南却也只能哼哼了几声答应下来："好吧！这些天我还会在网络上发布一些比较含糊的声明，希望能暂时抑住这次事件的热度发展，那你们——打算什么时候开始进行训练呢？"

终于说到了正题，叶晓绫立刻斩钉截铁地得出结论："从现在开始！"

毕竟NEST大赛的开赛事件已经近在眼前了，他们一定要正确利用每一分每一秒，和时间进行一场激烈的赛跑！

袁野也赞同地点了点头：又转头对古南说，"其余的事情就麻烦你了。"

说完，他不再给古南继续追问的机会，直接朝着叶晓绫颔首示意，两个人就这样走到了角落里的两台电脑前，直接打开了屏幕上《血战》的游戏图标……

古南目瞪口呆地在原地站了半天，忽然抬手在自己的脸上狠狠掐了一下！

他没有看错，袁野不仅没有消沉，反而变得更加斗志昂扬了？而且叶晓绫怎么也是干劲十足的模样？

其他的队员好像什么都没有发觉一样，仍然坐在电脑前进行各自的操作，一时间练习室只能听到鼠标和键盘交错的声音，反而他一个人留在这里显得十分突兀……

古南挠了挠头，拼命克制住了一问到底的冲动，想起外面还有数不清的事情没有处理干净，只能不甘不愿地朝着袁野和叶晓绫的背影看了看，最终还是叹着气静悄悄地走出了公司的大楼。

为什么他突然会有一种即将孤独终老的可悲错觉呢？

接下来的几天时间里，叶晓绫几乎每天都会准时出现在袁野公司的练习室，完全开启了她口中所谓的“魔鬼训练模式”，废寝忘食地守在角落里那两台电脑前，仔细盯紧袁野的每一步的操作与行动，并且毫不留情地指出任何一个已经出现或还未出现的错误，其严厉程度让在一旁忍不住偷偷观摩的成员都忍不住满头冷汗：这位新来的美女教练好像真的比想象中要恐怖许多啊……

偏偏这样的密集训练，袁野并没有一丝一毫的不耐烦，反而看着叶晓绫的时候，偶尔还会露出一个笑容……

训练就好好训练，不要随便撒狗粮啦！

又是一天清晨，最早来到练习室的木木照例捧着几杯滚烫的咖啡，在推开门的那一刹那果然看到叶晓绫和袁野已经早早坐在电脑前，两个人正指着屏幕上放大的游戏地形地图争论着什么。

“你说的这个方案还是有一定缺陷的。”袁野的眉头微蹙，目光凝在地图的右下角，“这里的隐藏地点太多，很容易被敌军围攻，那之前所有的努力不就前功尽弃了？”

“可是这里也是最容易攻陷的地点啊！”叶晓绫不服输地反驳，“只要操作技术到位，配合完美，胜利的可能还是很大的！”

袁野若有所思地抿起双唇，还是缓慢地摇了摇头：“这些都是对局开始后不可预料的状况，先记好……”

先记好？

叶晓绫忍不住轻哼了一声，嘴角却不受控制地向上扬了扬。

这家伙应该只是因为自己的想法受到了质疑，却又没有继续争辩下去的理由而觉得丢脸吧？

虽然平日里发生各种棘手的突发事件会想到最佳的方案解决，可这种时候的袁野还真的很像一个闹脾气的小孩子呢。

似乎没有察觉叶晓绫颇有深意的目光，袁野认真地在对局计划上记下了二人刚刚讨论的内容，随后有些疲倦地打了个哈欠，却继续撑着双眼，点开了游戏的图标：“之前说的那几种方案再练习一次？”

叶晓绫怔了怔，转头打量了袁野半晌，目光在他眼底的乌青处，心中忽然有些酸涩。

这些天的训练量真的很大了，甚至有些时候她来不及返回道馆，只能在练习室勉强休息，深夜醒来仍然可以看到袁野坐在电脑前的身影，倔强地融在一片昏暗的灯光中，那样脆弱，却又那样坚强。

他一定是真的很想把自己的努力证明给大家吧？

虽然这些天的高强度训练让叶晓绫的身子也几乎透支到了尽头，可看着袁野眸中的期待，她忽然又觉得力量重新灌注了全身，声音明快地点着头："好！这次你选择不同的角色试一试！"

袁野抿唇一笑，重新调整了一下坐姿，再次建立了一次新的比赛。

于是两个人的精力又全部重新回到了屏幕中的对局上，谁也没有在意身后捧着咖啡的木木，好像他完全变成了一个透明的空气人一样。

木木呆呆地站了很久，突然脑中冒出了一个奇怪的想法：如果继续留在这里，他会不会显得有些多余呢？

思来想去，他还是踮起脚尖，将手中的咖啡放到桌子上，正打算悄无声息地离开，却忽然听到身后的走廊处传来了一声具有强大穿透力的尖叫："叶晓绫！你在哪里？还不快点给我死出来？"

这声叫喊不仅吓坏了打算暂时撤退的木木，也成功吸引了袁野和叶晓绫的注意，他们整齐地回过头去朝着走廊的方向张望，只见手中提着大包大包美食的吕颜正横冲直撞地朝着练习室的方向杀来，身后还跟着满面担忧的大师兄凌铮。

叶晓绫的思绪从游戏中跳了出来，她先是有些怀疑地分辨了几秒，然后腾地从椅子上跳了起来："吕颜？你怎么会来这里？"

她好像已经有很长时间没有见到吕颜的身影了。

吕颜气呼呼的径直冲进练习室："你还记得我的名字？我还以为你早就忘了我呢，毕竟这么久了居然连微信都没跟我打过招呼。"

叶晓绫愧疚地笑了笑，目光有些羞赧地在袁野身上停留了一瞬间："这些天有很多事情要做，对不起啦。"

"有、事、情？"吕颜故意拉长了声音，也八卦地朝着袁野的脸上望去，随后好像明白了什么一样又哦了一声，“看来真的是很重要的事情啊……”

一听到吕颜阴阳怪气的腔调就知道她又会说出什么奇奇怪怪的话来了，叶晓绫涨红了脸颊，连忙上前想要按住她的嘴巴，却见她早有准备似的躲开几步，晃了晃手中的袋子：“其实我才不想见你呢！是凌铮，这些天你早出晚归，休息的时间也不规律，特意给你做了这么多好吃的东西让我送过来，真是便宜你了！”

叶晓绫一怔，抬头果然看到身后的凌铮正笑眯眯地望着她。

这些天她大多时间都在袁野的公司对他进行苛刻的训练，大师兄不仅要为道馆的事情操劳，还在担心着自己吗？

想到这里，叶晓绫感激地对凌铮笑了笑：“大师兄，不用担心我！等事情结束了我就回花源馆！”

凌铮却笑吟吟地摆了摆手：“道馆的事情有我在就好了，我只是担心你们整天这样辛苦，身体会熬坏的，更何况……”他忽然压低了声音，“有袁野照顾你，我很放心。”

他的声音虽然很低，可由于练习室实在过于寂静，以至于角落里的袁野也能听得清清楚楚。

叶晓绫脸变得更红了，她慌乱地望向袁野，刚想要开口解释什么，却发现，袁野虽然背对着他们，耳根却也被染上了一抹鲜亮的红色。

搞什么？这家伙也害羞了吗？

她的嘴唇嗫嚅了几下，可怎么也控制不住唇角的笑意，荡开了一道极其甜蜜的弧度，一旁的吕颜则将一切都看在了眼中，立刻低低地呼唤了一声，二话不说，直接扯着叶晓绫一路跑到走廊的另一端，摇着她的肩膀反复质问：“我有没有看错？一定没有看错！你是不是喜欢袁野？”

千年木头人叶晓绫的终于情窦初开了？在谈论到某个男性的时候她竟然会脸红？实在难得啊！

而且这个心思整天都扑在道馆上的人竟然会选择每天陪着袁野进行游戏的操作，还是一副兴致勃勃的模样？

叶晓绫心口一滞，温暖又滚烫的情愫在身体中缓缓流淌，让她脸颊上的温度继续加速升高。

这种感觉……难道就是喜欢吗？

“他……会在我遇到困难的时候帮我轻松解决，会在我遇到危险的时候挺身而出，会在我难过的时候给我安慰，而我……”她缓慢地整理着脑中的思绪，只觉得一个从未想过的答案渐渐清晰起来，“和他在一起的时候我也会觉得很开心，而且能够参与他实现梦想的过程，就算再辛苦，我也觉得很幸运……”

吕颜激动得拼命点头：“然后呢？”

叶晓绫顿了顿，眼底的一抹光芒也随之明亮起来：“总之，只要他在我的身边，再大的困难也不会想要放弃和退缩，可以依赖他，也会让我感到非常幸福，我、我想……”她的声音在逐渐清晰的思绪中变得明朗起来，“我是喜欢他的！”

父亲曾经对她说过，和母亲在一起的每一分每一秒都是快乐的，哪怕面前有再多的艰难险阻，只有能相互陪伴，所有的事情都会变得轻松起来。

因为是互相喜欢的两个人啊！

她和袁野在一起的感觉，应该也是这样吧？

第九章

我 的 陪 伴 不 会 让 你 孤 单

天啊——

吕颜听得目瞪口呆，等回过神的时候忍不住张大了嘴巴。

这些话竟然是从叶晓绫的嘴巴里说出来的吗？

爱情真的会改变一个人吗？

“那、那接下来你打算怎么办？告白？勇敢的冲吧！我会永远在你的身后支持你的！”吕颜一边说着，一边贼兮兮地伏在她的耳边嘟囔，“我这里有很多恋爱的秘诀哦……”

气氛顿时骤变，叶晓绫满头黑线地推开她：“什么秘诀？现在最重要的事情应该是帮助袁野冲入NEST大赛吧？”

扑哧——

吕颜眼中两簇恋爱的火焰瞬间被熄得连火星都不剩。

看来她还是没办法搞清叶晓绫的脑袋里到底都装了些什么东西啊……

于是她幽怨地叹了口气，却还是不知悔改地想要尽可能向叶晓绫这个恋爱新手传授一些相关的必备知识，可刚刚开口，身后就响起了一阵急切的脚步声，只见古南正捧着一叠厚厚的资料，面带怒色地朝着叶晓绫的方向走来，开门见山地问道：“晓绫，袁野在吗？”

叶晓绫被这样的古南吓了一跳，心中不好的预感油然而生：“他在练习室？发生什么事了吗？”

难道是网络上对袁野的非议越来越深，已经到了无法挽回的地步？

古南咬了咬牙，捏紧了手中的资料，低低地咒骂了一句：“该死！我早该想到是她！”说着，面色铁青地对叶晓绫低声说，“袁野代练视频的事情已经查清了，的确是有人故意做的，而且这个人，我们都很熟悉。”

叶晓绫的心脏怦怦直跳，几乎悬在了喉咙处：“是谁？”

同样对这件事密切关注的吕颜也聚精会神地瞪大了眼睛。

古南的神色越来越难看，唇角颤动了几下却还是什么也没有说出口来，最终还是举起了手中的资料翻到第一页，直接塞到了叶晓绫的手中。

叶晓绫迫不及待地朝着资料望去，眉头也认真地拧在了一起，生怕漏掉一条至关重要的信心。

忽然。

她的脸颊瞬间失去了所有血色。

仿佛受到了什么巨大的打击一样，她踉跄着后退了几步，手中的资料险些掉在了地上。

吕颜也狐疑地望去，在看清上面的内容时，也彻底待在那里，死死捂住嘴巴，不敢发出任何声音来。

资料的开端上赫然写着几个极其熟悉的名字——

阿耐。

4

寂静的练习室，几个人都沉默地围坐在中央最大的桌子旁，隐约可以嗅到几丝咖啡甘苦的清香，淡淡的萦绕在鼻间，驱散了脑海与身体中的疲惫与困倦。

袁野细细翻看着古南带来的那份资料，骨节分明的手指若有所思地停留在阿耐名字的边缘，轻轻点了几下，目光却忍不住落在了叶晓绫的身上。

第九章

我 的 陪 伴 不 会 让 你 孤 单

她浑身僵硬地坐在那里，握成拳状的双手极不自然地垂在双膝上，浓密的睫毛轻轻颤抖。

看着这样的叶晓绫，他不禁担忧地皱起眉头来，双唇微启，最终还是什么都没有说出口。

虽然得知了这样的真相对于单纯的叶晓绫来说是非常残忍的，可一直隐瞒她却不是最好的解决办法，隐瞒的时间越久，她所受到的伤害就会越大吧？

自从得知发布视频的真凶竟然就是阿耐后，叶晓绫就一直处于魂飞天际的状态，根本完全没有注意到袁野的视线，只是在脑海中回忆着和阿耐相处时的一举一动——

她到底为什么要做出这种事情来？难道是自己做得不够好？没有让她加入袁野的团队为自己继续制作视频吗？

手上的力度不由一点点加大，整齐的指甲深深陷入了掌心柔软的皮肤中，可她已经完全感受不到了。

无数个想法在脑海中交缠，变成了一团理不清的棉线，她木讷的目光有些无处地四处游走着，最后定格在面前正安静躺在面前的手机上。

要不要现在就找阿耐问个清楚？或许她是有什么难以说出口的苦衷？

想到这里，叶晓绫掏出手机打算拨打阿耐的电话，却忽然感到手背处的皮肤先是一凉，随后却被一股干燥的温暖所包裹。

叶晓绫错愕地抬起头来，看到了袁野棱角分明的侧脸，还有他眸中平静的暖意。

目光逐渐向下。

他的左手正紧紧地握住她僵硬的拳头。

他的指尖还是那么的冰冷，可手心的温度却如阳光一般温和。

叶晓绫的双眼一酸，只觉得有什么温热的液体摇摇欲坠，连鼻子都变得酸涩无比。

他是在安慰自己吗？

极力感受着来自袁野掌心的温热触感，她双眸微闭，屏住呼吸，竭力驱赶着脑海中躁动的慌张与不安，再次睁开眼睛的时候，竟然觉得混乱的思绪已经开始变得清晰起来。

她绝对不可以被突如其来的阻碍所扰乱，毕竟袁野的事情还没有画上一个完美的句号，而且……

叶晓绫倔强抿起双唇了。

父亲曾经说过，越是危机的时候，越要保持冷静！

紧握的双拳也渐渐舒展开来，她仰起脸颊，朝着袁野露出了一个暖洋洋的微笑，随后从桌上取来另外一份备用的资料，看完了所有的证据。

如果真的是这样……

“我会找她问个清楚的。”手指在资料的边缘收紧，叶晓绫的眼中闪过一丝坚定的光芒，“发布视频的原因，我要听阿耐亲口告诉我！”

袁野的脸上浮现了不忍的神色。

古南的脸色也变得极其难看，他先是冷冷一笑，干脆直接地对叶晓绫解释：“不用去问了，原因我们也是知道的。”

“是什么？”叶晓绫立刻追问，却忽然愣在那里，半天才回过神来，“你们？”

仿佛不愿同叶晓绫的目光相撞，古南选择将这块烫手山芋丢给了袁野：

我 的 陪 伴 不 会 让 你 孤 单

“其实他很早的时候就看破阿耐的初衷了。”

叶晓绫又猛地转过头去，直直地盯着袁野看。

古南的意思是，开始的时候袁野就已经从阿耐的身上看出端倪了吗？

怪不得每次和阿耐见面的时候，他们的态度都会有一百八十度的改变！

袁野安抚似的握了握她的手，柔声回答：“只是不知道该以什么样的方法告诉你，毕竟在你的眼中，阿耐算是不错的朋友吧？”

“那你又是怎么知道的呢？”叶晓绫的心中有些抽痛。

袁野抿唇想了想：“其实很简单，你已经是电竞圈内非常有名的大神级人物了，一般来说，那些名气较低的游戏解说都会有还算不菲的收入，你的又怎么可能不多呢？”

虽然很不情愿，叶晓绫还是低低地开口：“是阿耐在搞鬼吗？”

她每天忙于花源馆的事情，游戏视频方面几乎全权交给阿耐处理，虽然阿耐也会经常兴奋地告诉她这次新的视频带来了多少的额外收入，可每次转给她的报酬也只是那些固定的数目，可以勉强让叶晓绫去比较好的餐厅犒劳一下自己罢了。

叶晓绫有些无奈地叹了口气。

其实她根本不用做出这种事情来啊！她知道阿耐为了维持家里的生计也非常辛苦，只要她说出口来，她绝对不会多少什么的。

可是现在——

袁野将手中的资料丢回桌子上：“以你的名气来看，她应该是从中得到了不少的好处吧，我甚至怀疑之前你身份暴露的事情也是她为了炒作故意忘记处理声音了。”

叶晓绫怔怔地思索了半晌，忽然恍然大悟地哦了一声，脸颊却有些愧疚地烧红了。

怪不得袁野屡次拒绝阿耐加入团队的请求，想来他其实一直不放心吧。而她竟然误会了袁野，甚至曾经因为他对阿耐态度强硬而感到不满，现在回想起来……

她又悄悄朝着袁野的方向瞟了一眼。

自己对阿耐维护的态度有让他为难过吧？

他一直不肯说出口是怕自己伤心吧？

原来她还可以被这种温柔的方式所保护吗？

“不久前我就接到了阿耐的电话，她曾威胁我如果继续阻止她和你的视频合作，就一定会让我后悔的。”想到那时的事情，袁野唇边露出一抹苦笑，“当时我还没有放在心上，想必那个时候她就已经有打算了。”

听得出他话语中的苦涩，叶晓绫不经意地望去，却又看到了他漂亮的双眼中写满了疲惫与无奈，就连唇角都透出些虚弱的苍白。

如果她可以早点发觉的话，今天也不会发生这么多事情了。

于是她愧疚地垂下头，清亮的声音却毫不扭捏的在练习室中响起：“是我不够仔细，才惹出了这么多的麻烦，我一定会想办法解决的！”

至少……她一定要让阿耐亲口向袁野道歉才行啊！

“不是‘我’，而是‘我们’。”袁野淡淡地反驳，声音中却深含笑意，“遇到困难的时候一起面对，不是吗？”

想起两个人不久前的谈话，叶晓绫先是一怔，随后抿着笑拼命点头！

她的眼睛是那样的明亮而清澈，仿佛浸在山间溪水的星辰倒影，虽然不比昂贵的钻石璀璨闪耀，却让人莫名地感到心旷神怡，像是能从她的眸中看到另外一片纯白干净的世界。

这样全心全意的信任，这样明显的依赖，让他越发不想让她伤心。

“我们先不要急着处理阿耐的事情，所以你也不要过于心急。”看着她小兔子般乖巧的模样，袁野心中一软，忍不住伸手弹了弹她的额头，“只要古南立刻在团队的官网上发表这次参加大赛成员的名单，当然——我和叶晓绫都是必须在内的，大众的视线就会再次被转移。”

“然后到了比赛当天，再发挥你最好的能力，击散所有人的质疑，对不对？”叶晓绫愉悦地赞同。

袁野勾起嘴角，虽然没有回答，可那样的表情分明就是默认了。

就在这时，叶晓绫也终于想起了练习室中还有古南这个人，忍不住开口问道：“古南，我们是不是该商量这次参赛成员的确切名单了？”

静悄悄的练习室。

叶晓绫耐心地等待着，却没有得到古南的任何回应。

于是她困惑地朝着古南所在的方向望去，却发现他呆呆地坐在那里，眼中满是复杂的光芒，嘴唇几次张张合合，一副有什么天大的疑问却无论如何也问不出口的可怜模样。

在叶晓绫的印象里，古南一直是一个狐狸一样狡猾而聪明的少年，而刚刚前一刻还在和他们紧密商讨着应对方案的古南，怎么会突然变成一根浑身上下都透着别扭的木头人呢？

“古南？你怎么了？”叶晓绫试探着叫着他的名字。

他现在的状态看上去好像是在梦游啊！

听到叶晓绫的声音，古南几乎是下意识的双肩一颤，随后竟然发出了几声干巴巴的笑声，极为敷衍地摇了摇头："没什么……那个……我突然记起有件事情忘了做，晚点再回来和你们商量参赛队员的名单！"

说完，他再也顾不得叶晓绫和袁野审视的目光，满脸别扭地从椅子上弹起来，转身飞快逃离了这个气氛古怪的房间。

没有错……绝对没有错！他们两个人之间的言谈举止从里到外都透着一股浓浓的、情侣间专属的绝对默契！

特别是无意中相视的双眼……

古南的脸上露出了一个欲哭无泪的表情。

难道最后真的只剩下他一个人孤独终老吗？

我们的征途是星辰大海

1

时间悄然流逝，而一年一度、在电竞界中早已是备受关注的大赛也一步步接近了，整个团队的成员都好像打了鸡血一样每天精神饱满地坐在电脑前，不停地进行各种模式对局的练习，商讨着比赛中有可能遇到的每一种突发状况。

就在比赛的前三天，比赛的官网上突然发布了一条爆炸性的消息——公布了这次大赛的参赛人员名单！

除去上次比赛中表现极其出色的几位成员，还有两个崭新的名字赫然在目——

乱码和袁野！

轰隆！

消息发布不久后，官网和微博真的好像炸开了一样，各种相关词句再次冲上了微博热搜榜，大家对此的讨论很快盖过了对袁野之前的关注。

因为这实在是太不可思议了！

不久前才刚被曝出了代打的丑闻，袁野一直保持沉默的态度更是引起了电竞圈群众的强烈不满，而如今他竟然带领另一位电竞大神明目张胆的参加NEST如此高端的比赛？难道他已经疯到不顾团队的荣誉，想要进行一次无用的挣扎吗？

第十章

我们的征途是星辰大海

也或许是——

“又一次目的不明的炒作？”叶晓绫不敢相信地看着微博上某位知名博主对此次事件的分析和点评，不由念出声来，“没有证据的事情竟然也可以乱说吗？”

清晨的练习室里，还只有袁野和叶晓绫两个人。叶晓绫坐在窗边微微低着头露出细白的脖颈，在照进来的阳光照耀下，成了袁野眼中最美的一幅画。

袁野瞟见叶晓绫愤愤的神色，不由抿唇一笑：“其实也很容易理解，只要内容足够吸引人，是否真实反而不重要了。”

叶晓绫默默地继续滑动着手机，评论中竟然还有无数人附和这个荒唐的观点，她咬牙又勉强看了几条，最后干脆沉着面孔将手机直接丢在了桌子上！

不管了！

与其在意其他人的质疑，还不如耐心等到比赛开始，将他们真正的实力证明给所有人！

她相信，这些天所有人的努力都不会白费，就算在NEST大赛上没有取得冠军，却也会让那些冷眼旁观的人看到一个出乎所有人意料的结果！

而想到NEST大赛，叶晓绫的心脏也忍不住激动得怦怦直跳，这是和跆拳道比赛上全然不同的另一种期待，好像一座即将喷发的火山，身体里所有的血液都变得滚烫而沸腾起来！

“袁野？”像是为了安抚心中的躁动，叶晓绫不由轻轻开口叫出了他的名字，却立刻听到他含笑低低应了一声，声音中却透着一丝紧绷的疲惫。

叶晓绫呆了呆，起身朝着他的方向走近了几步，却敏锐地发现，他握在鼠标上修长的手指似乎正在细细颤抖着。

电脑的屏幕上，往期NEST大赛各队成员的名单被整理得滴水不漏，甚至有些重要的信息还被标注上了刺眼的红色。

那一刻，不知道为什么，一向木讷的叶晓绫却忽然有了一种奇怪的感觉：

“你很紧张吗？”她动也不动地凝视他的双眼。

虽然在和他交谈的时候并不会发现什么过于异常的举动，可随着大赛时间的接近，他似乎每天都会发生一些微妙的变化。

有的时候他会坐在电脑前发呆，直到电脑屏幕彻底变黑才会惊得回过神来。

有的时候他也会望着手机蹙眉，不时发出一声为不可察的叹息来。

一定是在紧张吧？

她至今还记得第一次参加跆拳道比赛时那种奇异的心情，虽然忐忑不安，却又无比期盼，更多的却是害怕失败的降临。而袁野的名气虽然很大，却从未在直播比赛上出现，更何况是这次的重量级NEST大赛呢？

袁野的眸光有些暗淡，声音却依旧低沉而温柔：“没有，大概是昨晚没有休息好，所以不能集中精神。”

说谎！

叶晓绫撇了撇嘴，又盯着他苍白的面孔看了很久，突然有一个想法在脑海中一闪而过！

她的唇角荡开一抹明朗的微笑，飞快起身扯住袁野的手腕，不由分说地将他拉出了练习室外：“和我来！我带你去其他的地方散散心！虽然明天就开始比赛了，可这段日子整天面对电脑，肌肉都变得僵硬起来了！”

袁野有些茫然地跟在她的身后，听着她太阳般充满了朝气的声音，忽然觉得心情也变得愉悦起来："散步？你要带我去什么好玩的地方吗？"

叶晓绫含笑摇了摇头。

"游乐园？"他继续津津有味地猜测着。

叶晓绫仍然摇头。

"难道是只有你一个知道的秘密花园？"他开始调侃。

叶晓绫忍不住扑哧笑了一声，却没有回答，只是脚下的步伐愈发轻快了起来，就这样一路穿越了几条街道，最终居然停在了花源馆的门前。

看着破旧却整洁的牌子边缘在阳光下折射出微弱的光芒，袁野思索了半晌，仍然猜不透叶晓绫将他带来这里的真正想法，他双唇微动，想要问出口来，却见她指着敞开的大门笑吟吟地命令道："给你三分钟的时间换好道服，我在大厅等你！"说到这里，她俏皮地眨了眨眼，好似一只灵动的小鹿一样跳到他的身后，伸出手来将他推进花源馆的更衣室中，"我要让你了解一下跆拳道的乐趣！"

砰的一声。

更衣室的门也被叶晓绫体贴的关好。

袁野一个人站在寂静的小房间中，耳边似乎还残留着她清朗的声音，宛如一记悠长的古钟，击散了脑海中大片的迷雾。

他忽然静静地笑了，因为僵硬而挺得笔直的脊背也逐渐放松下来。

他伸手取来旁边叠放整齐的雪白道服，眼睛忍不住看了看墙壁上的钟表——

三分钟的时间是不是快要到了？

2

花源馆的练习厅中，几个孩子正满脸疑惑地站在大厅的另一窃窃私语，还不时伸出手来朝着偏厅所在的方向指指点点。

“那个大哥哥是谁？”一位短发女孩率先发问。

“是花源馆的客人？我也从来没有见过他呀！”另一位光头男孩回答。

“大哥哥身上穿着道服！晓绫教练亲自指导，一定是花源馆的新学生，而且——”短发女孩捂着嘴巴笑了起来，“你看他笨笨的样子，好像什么都做不好！啊……晓绫教练是不是又在教训他了呢？”

所有人的目光再次朝着偏厅移动。

只见不远处的叶晓绫浑身上下都散发着威严又恐怖的气势，正扬着下巴站在袁野的对面，高声命令：“动作错误！俯卧撑再加五十个！”

“哈哈哈——”孩子们再也忍不住了，爆发出震耳欲聋的笑声。

“可是这个大哥哥长得真是好看！”短发女孩也甜甜地笑了，“和晓绫教练站在一起真的特别般配呢！”

孩子们的脸上露出了赞同的神色，拼命点着头。

仍在偏厅苦练的袁野和叶晓绫虽然听不到孩子们议论的声音，却清晰地听到了他们充满了善意的笑声。

由于剧烈的运动，袁野苍白的脸颊上终于多出了几分红润的血色，衬得他整个人也更加精神挺拔，豆大的汗珠顺着轮廓优美的侧脸滑落，就连平日里干燥柔软的发丝都被汗水浸透，散发出一道黑亮的色泽。

第十章

我 们 的 征 途 是 星 辰 大 海

“喂……你把我带到这里，是为了故意让孩子们看笑话吗？”抬手擦去额上的汗水，袁野有些无奈地笑了笑，努力控制着自己愈发急促的呼吸。

他根本对跆拳道一无所知，却这样被叶晓绫直接拉来了花源馆，被逼迫着换上了道服，还开始了如此严苛的训练……

最重要的事，那些孩子好像从头到尾都在看他的笑话吧？

叶晓绫的嘴角抽了抽，却还是没有克制住来自内心深处的笑意，眼睛笑成了两条弯弯的月牙：“有没有觉得很累？”

“你这是明知故问吗？”袁野故作生气地瞪了她一眼。

叶晓绫的声音却变得柔和起来：“虽然身体很疲惫，精神却轻松了很多吧？”

袁野的笑容凝在唇角。

“有的时候过于专注纠结于一件事情反而无法达到预期中的效果，适当的放松也是非常重要的。”叶晓绫的目光在道馆中四处游走，“记得一年前，我代表花源馆参加一场十分重要的跆拳道大赛，却总是觉得自己不在状态，最基础的腿法都使用得破绽百出，最后还是打了很久的游戏才平静下来，第二天的比赛一路顺风无阻，最后获得冠军。”

袁野感到胸口一阵温热，却开玩笑似的问道：“你是在为我担心吗？”

叶晓绫一怔，白皙的脸颊晕开两团蔷薇花般鲜红的色彩，低低地应着：“是的。”

看着他整日整夜地坐在空荡荡的练习室中，身影愈发的单薄消瘦，却仍然靠着强大信念和意志苦苦支撑，只为了不辜负大家的期待，不辜负自己的梦想……

而她已经承诺无论发生什么都会陪在他的身边，在这种时候难道不是更应该坚定不移地和他站在同一战线，就算不能再为他做些什么，至少要让他变得轻松一点儿，哪怕一点儿也好。

而且……

她扬起头来，小鹿般明亮的双眼中有着羞涩的暖意：“是你让我懂得，原来我还可以用另一种方式去保护身边的人，和你一起努力的感觉，真的、真的非常的幸福！”

袁野的呼吸渐渐变得急促起来：“一起努力？”

叶晓绫用力点了点头：“原本我的梦想只是将花源馆发扬光大，让所有人都知道跆拳道是一项多么吸引人的运动，直到遇见了你。”

和他相处的这些时间里，她好像走进了一个曾经从未接触过的世界，在那个世界里，每一片云朵、每一棵绿树、每一朵鲜花都是那样的与众不同，散发着与众不同的魅力，将她深深吸引。

她想和他一起并肩走到那个世界尽头，一起去看那里最美丽的风景。

“和你一起追逐梦想的感觉，真的、真的非常的幸福，或许是在不知不觉中吧，我的梦想似乎也在发生改变……”她眼中的光芒逐渐盛大，“不仅要让花源馆成为所有人眼中最优秀的道馆，同时也要让你得到大家的认同，不再辛苦地活在自己父亲的光芒之下——这就是我现在的梦想了。”

宽敞明亮的道馆中。

孩子们细碎的笑声断断续续在耳边响起。

琉璃般璀璨的阳光透过干净的玻璃窗散落在每一处角落。

久久没有得到袁野的回应，叶晓绫紧张得心脏怦怦乱跳，她有些忐忑地抬起头来，却发现他忽然迈开双腿，大步走到了她的面前，熟悉的清冽气息瞬间将她整个人包裹，随之而来的就是额头上微痒的触感。

他的双唇微凉，却如花瓣一般柔软，紧贴着她额角薄薄的皮肤，短暂地停留了几秒。

叶晓绫蓦地瞪大双眼！

心脏在那一刹那骤然停止，随后又以不可预料的速度疯狂地跳动了起来！

耳膜轰轰作响，她甚至觉得眼前那片澄净的阳光也变得无比盛大耀眼，无法直视。

袁野的薄唇缓缓向下移动，最终温柔地停留在她的耳畔，低低开口：“晓绫，谢谢你。”

她的双肩开始剧烈地颤抖，支吾了几声，却觉得喉咙仿佛被什么哽住了，再也说不出一个字来。

“谢谢你。”他叹息似的，伸出双手，将她轻轻拥进自己的怀中，温热的吐息拂过她已经红透的脸颊，“有你在我的身边，无论发生什么，我也不会害怕了。”

时间仿佛已经凝固。

叶晓绫瑟缩在他的怀中，好像有些胆怯似的几次伸出手来却又收了回去，最终还是坚定地环在他的身后。

“我也一样。”感受着他身上令人心安的气息，她低声重复着呢喃，“我也一样啊……”

“教练，羞羞哦！”

突然，传来孩子们爆笑的声音。叶晓绫刚刚还沉浸在温柔里的心猛的一缩，手忙脚乱地推开面前温暖的怀抱。

她探出头一看，果然看见原本在正厅的小萝卜头们不知什么时候已经躲在了偏厅的门边，看见她跟袁野抱在一起，嘻嘻哈哈地笑着。

叶晓绫的脸腾的一红，顾不上拉起旁边后退几步好不容易才站稳的袁野，随意说了几句就跑开了。

太尴尬了，居然让这些孩子们看到这一幕，她当老师的威严怎么办？

会不会告诉大师兄呢？大师兄跟吕颜还指不定怎么笑话她呢！

脑子里一片混乱，可是叶晓绫却并不后悔。她忍不住回头看了看偏厅方向，却看见袁野不知道说了什么，正笑着摸了摸面前男生的头。

叶晓绫干脆停下了脚步，望着他此刻温暖的笑容。

其他的她不能确定，但是现在她可以肯定的是——

有他陪在身边，哪里她都不会害怕。

3

万众瞩目的NEST终于在众人的期待与忐忑中拉开了序幕。

比赛的前一天，袁野破天荒的给“Nirvana”的队员放了整天的假，可到了夜晚十点的时候，叶晓绫仍然看到参赛的几位队员精神十足地坐在电脑前，一遍又一遍商讨着第二天比赛的各种对策和突发状况，直到古南忍无可忍地命令他们必须好好休息。

所有人的精神都紧绷到了最高的境界，就连经历了无数跆拳道比赛的叶晓绫都紧张得有些无法入睡，却还是躺在床上不停给自己打气：

第十章

我 们 的 征 途 是 星 辰 大 海

他们已经做了这么多的准备，一起经历了那么多的坎坷，所以——

叶晓绫狠狠咬了咬唇。

他们一定会有相应的回报的！

难熬的一夜总算过去了，叶晓绫早早起床，换上了“Nirvana”团队专属的蓝白相间队服，对着镜子努力露出了一个充满自信的笑容！

至少她要做袁野最有力的后盾！

推开赛场休息室的房门，以古南为首的几位成员也早已聚集在大厅中央，叶晓绫竭力克制着心中的慌乱，想要轻松地和大家问声早安，却吃惊地发现每个人都神态轻松地望向自己，完全不是想象中气氛僵硬的模样。

咦？现在是什么状况？

她慢吞吞地移动着步伐，狐疑地向他们靠近。

为什么这里状态最糟糕的人好像就剩下她自己了呢？

“你可是最晚醒来的一个人。”古南打着哈欠瞟了她一眼，依旧是平日里吊儿郎当的模样，“是不是整夜都害怕得无法入睡啊？”

唰！

叶晓绫的脸瞬间涨得通红，却下意识地反驳：“谁、谁害怕了？”

“当然是你！”古南恶作剧般的拉长声音，“啧啧！去看看镜子里你的表情吧！好像一块僵硬的木头！”

叶晓绫立刻伸出来按住脸颊，狠狠地瞪他一眼，半晌才支吾着问出口来：“为什么你们看起来……一点都不紧张呢？”

这可是国内最有影响力的NEST电竞大赛啊！

古南嗤笑一声，还没有回答，就听到身后一个暗含笑意的低沉声音响起：

“可不要小看了我们‘Nirvana’的队员。”

叶晓绫怔怔地回过头去，忽然感到肩上一沉，回过神来时袁野已经非常自然地将她揽到了自己的怀里，一股熟悉的清冽香气突兀地闯进鼻间。

“他们可是真正的身经百战，早已经锻炼出了临危不乱的强大意志力，所以——”他的语气忽然带了那么点促狭的味道，“这里最没有经验的人反而只剩下你一个人了，我们的乱码教练。”

话音刚落，几位队员都忍不住放声笑了起来，气氛顿时变得愉悦而又轻松，仿佛即将到来的不是一场重要的比赛，而只是一次普通的朋友聚会一样。

叶晓绫的脸颊烧得更红了，她的目光先是有些害羞地停留在袁野搭在自己肩处的手指上，低低咳了几声，还是有些不甘心地解释：“我……我绝对不会拖后腿的……”

“我当然知道。”袁野淡淡地笑了，鼓励似的握了握她的肩膀，眸中突然升腾起一抹明亮的光芒，“各位，都准备好了吗！”

“哦！准备好了！”队员们立刻精神抖擞地回答。

袁野满意地点了点头：“这次的比赛虽然十分重要，但只要我们拼尽全力，问心无愧就可以了，要真正地做到结果重于过程。”他的双眼在每一位队员的身上游走，“而我，也会尽量发挥自己最好的水平，至少不会让大家失望！”

他有力的声音回荡在每一个人的耳边，久久没有散去，却仿佛一颗落入平静水面的石子，瞬间激起了一片片美丽又复杂的涟漪。

叶晓绫再次觉得浑身的血液尽数沸腾了起来，也不由自主地挺直了脊背，和其余几名队员整齐地回答：“我们知道了！”

第十章 我们的征途是星辰大海

吱呀一声。

休息室的大门被用力推开。

穿着蓝白相间T恤的队员们高昂着头，脸上都带着极其平静、却充满自信的微笑走出了赛场的休息室。

咔嚓咔嚓！

无数的闪光灯潮水般的向他们涌来，随之而来的是记者们争先恐后的提问：

“请问这次的比赛你们有信心拿到冠军的位置吗？”

“对于不久前袁野代打的视频还没有得到回应！这次的比赛会不会又是一次炒作的手段吗？”

“袁野，可以和我们讲一讲你的看法吗？”

身旁的保安艰难地将这些记者推到稍远的地方去，而袁野只是目不直视地揽着叶晓绫的肩膀，从始至终唇角都挂着一丝笃定的微笑，在众多记者和工作人员的注视下不紧不慢地朝着赛场的方向走去。

他的步伐和身影是那么的坚定，带着狮子般傲然，浑身上下都散发着让人无法忽略的、王者般的光芒。

记者们都齐刷刷地愣在那里。

为什么他们会有一种奇怪的感觉，就好像……

这次比赛冠军的位置，一定会属于“Nirvana”了呢？

直到袁野等人的身影已经消失在了视线中，他们才回过神来，想起刚刚提出的问题竟然没有得到一个合适的回答，立刻又朝着赛场的方向狂奔而去了。

NEST初赛的赛场大厅。

观众席上早已坐满了密密麻麻的粉丝和围观群众，每个人都双眼发亮地朝着入场处的方向紧盯，并死死地握着手中的自己喜爱团队的横幅和小旗，时不时高举在半空中左右挥舞。而赛场的另一侧，早已准备完毕的几名解说员也一脸慷慨激昂地介绍着此刻的赛前状况。

幽蓝的LED屏幕上交错着变换初赛对决团队的标志和简介，当叶晓绫看到专属“Nirvana”的标志出现在上面的时候，她的心脏仿佛被一只拳重重打了一拳，整个人都激动得无法呼吸！

终于等到这一刻了，证明他们努力的时候即将到来！

呼呼！

她深深吐息，下意识地抓紧了袁野的手腕，却忽然感到手指一暖。

她缓缓垂下头去，发现袁野的手腕微转，将她的因为紧张而冰凉的指尖握在了掌心，并安慰似的捏了捏。

他没有说话也没有望向她，就只是站在他的身边，仿佛一颗可以遮蔽风雨的大树。

叶晓绫已经提到喉咙的心脏因为他而一点点坠回了原本的位置。

她不由抿唇微笑，扬起头来，直直地望向人潮涌动的观众席。

对啊，她还在担忧什么呢？

他明明一直就在自己的身边啊！

想到这里，她的步伐同样变得坚定起来，在等待主持人高亢的解说和介绍后，“Nirvana”的名字终于被响彻了整个赛场，同时观众席处也发出了一阵剧烈的欢呼声！

第十章 我们的征途是星辰大海

“Nirvana”的队员面带微笑地从后台走来，先是和初赛的团队的队员礼貌地点头握手，随后依次坐到了比赛的位置上，神态轻松地相互交谈了几句，随后开始进入了角色选择的环节。

观众席处，震耳欲聋欢呼声、打气声交杂在耳边响起，而此刻坐在电脑前的叶晓绫脑海中却在严肃地思索着其他的事情：

比赛开始前，所有人都已经将比赛团队的每个成员研究得清清楚楚，包括对方擅长怎样的进攻防守，利用怎样的队形才不会被轻而易举地找到破绽和漏洞，他们甚至仔细排除了对方会使用哪一类角色，这种改变又会造成怎样的影响……

咚的一声。

对面的第一位角色选择完毕。

身为主力的叶晓绫神色一凝，看到对方选择了伤害较高，防御却颇低的一位进攻型，袁野的话语在耳边响起：“初赛团队的实力也是不容小觑的，所以我们不要过早的追求胜利，一定要加强前期的防守，直到中后期再一举攻破！”

叶晓绫的眼珠转了转，忽然露出了一个有些顽皮的微笑。

手上的鼠标动了动，她毫不犹豫地选择了一位防御偏高的角色。

既然这位伤害较高的是对方进攻的主力，那她完全可以加强自身的防御，并凭借原有的操作技巧去阻碍对方的发展啊！

袁野的眸子闪过一丝极淡的笑意，选择了一位加血型的辅助角色。

又是咚、咚几声。

双方的英雄都已经选择完毕，比赛——正式开始了！

巨大的LED屏幕一闪，对局的画面清晰地出现在了上面，观众席处又是一阵兴奋的尖叫，解说员的声音也因为激动而开始变得沙哑起来。

早已练习过无数次的对局轻车熟路地在脑海中出现，叶晓绫和袁野从一路出发，先是顺利地吞掉几批补充经验和金币的小兵后，突然猝不及防地朝着对面的角色发起了进攻！

完美的配合和果断的决策让他们越战越勇，在袁野的掩护下叶晓绫扔出手中技能，然后——

“‘Nirvana’顺利拿下第一局！”解说员也发出了一声难以置信的号叫。

轰隆——

整个赛场仿佛都已经炸开了！

“Nirvana”的粉丝更是激动得仿佛要从观众席处跳出来，扯破了嗓子呼唤着他们的名字，更加亢奋地加油打气！

其他的群众和记者却有些不解地盯着屏幕：不是说袁野所有的视频都是代打吗？可是眼前的状况为什么会是这样？

先不说从他的操作技巧中看不出过分的生疏和僵硬，光是同乱码默契的配合和进攻就足够令人瞠目结舌了……

顺利拿下了第一局，叶晓绫并没有急匆匆离开，反而淡定自若地回去补充装备。

果然……袁野的计划是绝对不会出错的！

比赛对局开始才三分钟不到的时间，大家都忙着为后期做准备，谁又会想到他们能突然进攻呢？

第十章

我　们　的　征　途　是　星　辰　大　海

而且……

她嘴角的笑容越来越深。

刚刚袁野和她的配合绝对可以算是完美无缺！一定是她超强魔鬼训练的功劳吧！

接下来的几十分钟内，“Nirvana”整个战队的表现更是让在场的所有人出乎意料！

其中最最耀眼的就是不久前还深陷“代打事件”丑闻的袁野，就连对方战队的粉丝们也吃惊地发现，虽然偶尔会暴露一些操作方面的微小缺陷，可几次突如其来的危机就在眼前，他却总能靠着强大的反应能力和应对能力化险为夷……

“敌方的第一座防御塔被摧毁！”

观众席上再次传来刺破耳膜的欢呼！

“乱码和袁野再次完美配合，干脆利落地杀掉了敌方三名！”

“乱码和袁野前后围攻，将对方的最后一座防御塔摧毁！”

“‘Nirvana’初赛第一场胜利，首战告捷！”

解说员激动得五官乱颤：“这是开赛以来我见过最棒的一次团队配合！”

“Nirvana”的粉丝们几乎要喊破了喉咙，他们满面发光地看着几位成员仍然带着礼貌而平静的笑容从椅子上站起来，再次同对方的团队队员拥抱、握手……

没有人注意到叶晓绫剧烈起伏的胸膛。

她的双眼被一股潮湿的液体所填满，她甚至不敢弯一弯唇角，生怕在所有人的注视下，泪水就会不受控制地落下。

她抿紧双唇，颤抖地朝着袁野的方向望去，却忽然怔在那里，动也不能动了。

不知是不是灯光太过明亮，还是她被泪水模糊了视线。

为什么他也从袁野的眼中看到了同样的、仿佛被泪水覆盖的光芒呢？

4

接下来的几场复赛和决赛，他们的团队竟然真的一路势不可挡地朝着冠军的位置冲刺而去，特别是袁野和乱码完美的默契配合让每个人都惊叹，已经很久没有看过如此过瘾的比赛了。

团队游戏最重视的并不是所谓的操作技巧和经验，而是各个队员之间的配合和理解，如果不能互相信任，就算是再厉害的游戏大神，也不可能在失去队友的情况下独自取得胜利吧？

就算真的如此，胜利的喜悦也一定不复存在了。

总决赛当天的清晨。

几位成员全部精神抖擞地坐在休息室的正厅，埋头翻看早已经烂熟于心的对局资料，有咖啡清苦的香气在空气弥漫开来。

叶晓绫和袁野并肩坐在不远处的沙发上，他们也同样聚精会神地盯着面前电脑屏幕的复赛视频回放，不时伸出手来戳在屏幕上指指点点。

“下次再遇到同样类型的对手不要过于冲动了，你暴露的时机不对，当时我真是被吓坏了，好在当时对方也没有反应过来，否则就真的危险了！”叶晓绫严肃地说道。

我 们 的 征 途 是 星 辰 大 海

坐在她身边的袁野微微一笑，先是体贴地将咖啡推到她的面前，柔声应着：“我知道了。”

“这是你的习惯啊！不久前你也这样答应过我！”叶晓绫气呼呼地瞪起眼睛，“这次真的记住了吗？”

面对她毫不留情的指责，袁野的脸上竟然找不到任何不耐烦的痕迹，反而继续听话地点了点头：“不相信的话要怎么证明给你看？”

两个人的声音不高不低，却完全足够吸引其他成员的注意。

可他们也只是脸颊微红地用余光朝着两个人的方向望来。

有一丝温热的暖昧在空气中缓缓流淌。

“喂——我真的是看不下去了！”终于有人出声打破了此刻的气氛，却是满头黑线的吕颜，“你们这算是明目张胆的秀恩爱吗？”

得知了团队一路顺利杀入总决赛的她和凌铮按捺不住激动的心情，特地辛辛苦苦来到赛场为他们加油打气，却没想到要整天看着眼前这两个人亲亲密密。

比赛前令人血脉涌动的紧张感呢？她怎么一点都感受不到？而且这些成员们为什么也是一副早已经习惯了的模样？

难道是她不正常？

旁边的凌铮也不由失笑。

原本还在对袁野进行“赛前指导”的叶晓绫冷不丁的听到了“秀恩爱”三个人，先是一愣，随后不禁烧红了脸颊，下意识地想要反驳，却听到袁野的声音淡淡响起，可以隐约听出几分调侃的味道：“这也算是舒缓赛前紧张的一种方式吧。”

说着，好像刻意想向吕颜证明一样，他自然无比地摊开手掌，将叶晓绫的左手握在了掌心。

叶晓绫垂下双眼，没有挣脱开来，反而有些羞涩地朝着吕颜的方向抿唇一笑。

好像这种事情的确没有什么好隐瞒的吧？

吕颜先是待在那里，随后好像被谁当头打了一棒似的，夸张地捂住嘴巴，又伸出手来颤抖地指着叶晓绫和袁野，激动得半晌说不出话来！

叶晓绫竟然也默认了？那个榆木脑袋粗神经的叶晓绫？

看来爱情给她带来的改变真的是无与伦比啊！此刻她竟然真的从叶晓绫的身上感受到了一种少女般柔弱甜美的气息，这是曾经那个暴力女金刚从来不曾出现过的！

吕颜一边克制着激动的心情，一边想要将叶晓绫抓来问个明白，可脚下刚刚迈开几步，却听到身后咯吱一声，休息室的门被推开了。

首先走进来的是古南。

他的表情有些难看，唇角挂着一抹极其勉强的笑意，随后过头去，对着身后冷冷开口：“进来吧。”

叶晓绫仰起红彤彤的脸颊，和其他的队员一样，有些疑惑地朝着房门的方向望去。

离总决赛对局的开场时间只剩下不到两个小时了，这种时候又有谁会来呢？

忽然！

她的眼睛凝固在门后缓缓走进的那个人影身上。

我 们 的 征 途 是 星 辰 大 海

袁野的神色也忽然变得冷凝起来，眉心微微皱起。

因为许久不见的阿耐正绞着双手，一步一步从门外慢吞吞地走了进来。

吕颜惊喜的神色也瞬间滑稽地停留在脸上，她先是难以置信地瞪了阿耐几秒，然后愤怒地大吼：“你还有什么脸出现在晓绫面前？”

她早就已经听凌铮说过了，袁野代打的视频就是她故意发布出去的！还有她暗自克扣晓绫视频收入的事情！

阿耐被她激烈的反应吓了一跳，下意识地退开几步，却想到什么了似的咬了咬牙，径直朝着袁野的方向走去了！

在众人或厌恶或质疑的视线中，她脸色苍白地在袁野的面前站定，却仿佛是有意躲闪着叶晓绫的目光一样，将头垂得更低了。

“对不起，请你们原谅我。”阿耐深深呼吸，声音里带着难以掩盖的哭腔，“是我做错了。”

袁野的眸中望不见任何波澜，只是沉默地望着她，却又像在望着她身后某个角落。

叶晓绫的心却狠狠地抽痛了。

有那一刻，她很想和从前一样，上前拍一拍她的肩膀柔声安慰，可这次呢？

她有些失望地叹了口气。

阿耐做出的事情，不仅给她，更是给袁野和整个“Nirvana”造成了极难挽回的严重影响，而且还是故意为之！

如果不是古南拿来了那些证据确凿的资料，此刻她又站在自己的面前低声下气道歉……

没有得到想象中的回答，阿耐的神色开始变得慌乱：“我……我是真心来向你们道歉的！能做出那样的事情也是我一时糊涂，我只是、只是……”两行泪水终于簌簌而落，“袁野，求你不要封杀我毕业后的出路！那份资料我已经收到了，如果传到学校……”

她哭得连话都说不下去了。

听了这样的话，袁野平静的面孔终于出现了一丝错愕的神色：“封杀你毕业的出路？”

阿耐掩着脸颊拼命点头。

袁野皱起眉头：“我从来都没有做过这种事情。”

不管怎么说，阿耐曾经也是晓绫最好的朋友之一，就算他真的有心想给阿耐一些教训也绝对不会隐瞒晓绫的。

“你当然没有做过，因为已经有人替你做了。”原本一直沉默着古南突然开口，嫌恶地将视线从阿耐的身上移开，“是袁叔。”

袁野的身子一颤，几乎是下意识地反驳：“不可能！”

“有什么不可能？你在怀疑我调查事件的能力吗？”古南冷哼一声，却忍不住愉悦地勾起嘴角，“其实从很久前有就开始怀疑了，只是一直处于调查阶段，袁叔其实一直在你的身后帮你处理那些乱七八糟的琐事，只不过从来没有告诉你罢了。”

叶晓绫也惊喜地抬起头来，望着袁野仍然写满了“不敢相信”的脸，忍不住抬手晃了晃他的胳膊。

这家伙……因为过于震惊难道已经失去思考的能力了？

她的眼前不禁浮现出袁野父亲那张冰冷又刻板的面孔，心底却有一股暖意一点点漾开。

袁程一还是对自己这个“任性”的儿子非常关心的嘛！

“决赛我们都要加油，特别是你——”看着袁野难得吃惊的神色，古南不忘记再次留下一记重击，“袁叔要我转告你，他没时间来比赛现场，却还是会抽空关注这里的一举一动的。”

袁野的脸颊一红，有些别扭地转过身去，硬邦邦地扔下了一句：“我知道了。”随后故作平静地看了一下手机上的时间，“比赛快要开始了，大家做好准备，出发吧！”

说着，竟然自顾自地朝着房门的方向走去，却在众人的视线中踉跄了一下，险些摔倒在地上。

扑哧！

古南肆无忌惮地发出了一声轻笑！

叶晓绫也克制着即将要喷薄而出的笑意，想要上前追赶袁野的步伐，却感觉手臂一沉，被阿耐死死扯在那里，动弹不得。

“晓绫，你会原谅我吗？”阿耐抽泣着问道。

叶晓绫怔了怔，随后露出了一个平静的微笑：“我原谅你，可是，我们已经不再是朋友了。”

她可以原谅阿耐欺骗自己，却不能原谅她给袁野和团队成员带来的那些伤害。

所以……她们再也不是朋友了。

阿耐的脸色瞬间苍白如纸，她的嘴唇颤了颤，似乎还想要再说些什么，可当她看到叶晓绫坚定而淡静的神色后，终究还是软软地收回手来，一言不发地离开了休息室。

看着她逐渐远去的背影，叶晓绫忍不住鼻尖一酸，却忽然感到身后被谁猛推了一把，她反应不及，摇摇晃晃地竟然撞到了袁野的肩上！

好疼！

她如梦初醒地揉着酸痛的下巴，疑惑地向身后望去，只见吕颜得意地向她挥了挥手，大声说道："比赛都要开始了，你还在想什么没用的事情？袁野还在等着你呢！"

几名队员陆陆续续走过。

袁野静静地站在她的身边，褐色的双眸中是如春风般和暖的温柔与期待。

叶晓绫心中一动，仿佛那些往日深埋在灵魂深处的萌芽终于绽开了五颜六色的瑰丽花朵，将她空白的世界装点得多姿多彩。

对啊！他还在等她，也会永远陪伴在她的身边，他们的梦想还要继续……

想到这里，叶晓绫屏住呼吸，牢牢握住袁野温热的手掌，紧随着前方几名队员的身影，拉扯着他一路走向总决赛的大厅。

清晨的第一抹阳光从窗外洒落，恰巧在他们身上队服"Nirvana"的标志上一闪而过。

大厅处嘈杂的人声也越来越近了。

此时此刻，没有什么可以阻止他们坚定的步伐了。

梦想的路上，我们一直在一起。

加油吧！青春！

尾声

又是一年炎热的盛夏，花源馆门前的几棵榕树愈发的青翠欲滴，熟悉而聒噪的蝉鸣也仿佛成了这个时候必不可少的夏日交响乐，和道馆内孩子们练习的声音相互回应着。

吱嘎——

一辆抢眼的红色跑车急匆匆地停在了花源馆的门前，古南满头大汗地从车中跑出来，黑着脸向着道馆练习大厅的方向张望，忽然目光一凝，随后咬牙切齿地冲了进去！

他就知道袁野和叶晓绫在这里！

去年的NEST大赛，他们一路过关斩将冲到了总决赛，却还是在最后一场比赛时被对手以微妙的差距碾压，最终没有登上冠军的位置。

虽然很可惜，可比赛时袁野出色的操作和极强的团队配合能力却获得了无数记者和网友的好评，代打的负面影响也随之渐渐消失，就连袁叔也难得地赞扬了一句“做得不错，继续努力”。

而且袁野的身边又有叶晓绫的陪伴，从那以后他好像打了鸡血一样，开始准备迎战下一届NEST，说是无论如何也要把冠军的奖杯夺来！所以他们才会每天辛苦练习、甚至有时候连梦中都是那些熟悉的游戏操作。

三天后，下一届NEST大赛就要再次开始了，可是现在呢？他竟然搞失踪，

尾声

躲到这里来了？

古南怒气冲冲地走进了花源馆，横冲直撞地朝着袁野的方向直奔而去，想要给他一个教训，却在最后的时刻来了个紧急刹车，整个人愣在那里了。

他看到了什么？

眼前的袁野正穿着一身雪白的道服，修长挺拔的身形此刻却有些躲闪，脸上带着一抹无奈却包容的笑意，躲避着晓绫父亲一波波猛烈的攻击！

叶宏明显早已喝得烂醉，孩子似的胡乱挥舞着胳膊、使出不同的腿法向袁野攻去，嘴里还有些不满地嘟囔：“怎么从来都不知道反击？”

“爸！你别太欺负袁野了！”正和凌铮过招的晓绫抽空转过身来，喊了一句，“他是好心来陪你的聊天的啊！怎么又逼着他换好了道服？”

叶宏吹胡子瞪眼地反驳：“我就是欺负他！他有什么意见？”

袁野的嘴角抽了抽，连忙拼命摇头，重新拉开了距离，笑眯眯地开口：“伯父，请继续。”

叶宏满意地发出了一声长笑，随后真的毫不客气地向袁野发出了第N波充满了杀伤力的攻击……

树上的蝉鸣愈发的盛大了。

原本还想要冲进去把袁野狠狠教训一顿的古南突然起了退缩的念头，甚至有一种奇怪却肯定的想法。

他好像非常多余啊！

于是他默默地退到了花源馆外，靠在红色跑车上，望着头顶蔚蓝的天空，虽然有一种泪流满面的感觉，却在心中反反复复地安慰自己：其实做一个潇洒自在的单身狗，也还算是不错的选择吧？

这个季节，美少女&音乐&王子&完美饮品&大明星通通在等你

花漾年华　清甜一季　偶像剧必备元素

这里通通都有！

你 还 在 等 什 么 ？ 一 起 来 看 看 吧 ！

NO.1　比肩SHN48 的女团大作战

《轻樱团夏日奇缘》　松小果

内容简介：

梦想成为演员的邻家少女许轻樱稀里糊涂成了国内最受欢迎女团Pinkgirls的成员，还一不小心成了“门面担当”，成为整团形象的代表！

喂喂喂，你们不要私自做决定好不好？

可是为什么从萌系队长彭芃到时尚圈小公主安琪都大力支持？

许轻樱有些头大，不得不求助青梅竹马的“学霸”徐晚乔来帮忙，结果他不仅帮她搞定了日常琐事，甚至还帮她们团队完成了打造专属电视节目的梦想，简直就是与她心有灵犀版的“哆啦A梦”！

就在她们即将成功的时候，同公司的“国民王子”杜墨却突然跳出来，不仅跟许轻樱拍广告上节目，甚至还跟她传出了桃色绯闻。

许轻樱被公司暂时雪藏，可是人气总决选也即将到来！危机一触即发，轻樱的反击也必须开始……

进击吧，许轻樱！

NO.2　为梦想而战的古琴少女

《琴音少女梦乐诗》　茶茶

内容简介：
一声弦动，千年琴灵从天而降，平凡少女薛挽挽的命运开始发生翻天覆地的变化。
对音乐一窍不通的薛挽挽在琴灵的威逼之下加入器乐社，却发现器乐社的气氛异常尴尬。温柔社长和火爆小提琴手在社团里见面必大吵，各怀秘密；毒舌王子季子衿身份成谜，却总在关键时候出现，还会独自一人在湖边吹埙；混血少年看不起中国音乐，竟然还是钢琴天才……社团里到底还有多少秘密？
古琴进阶之路十分坎坷，想放弃的薛挽挽突然发现，谜一般的季子衿似乎和她死亡多年的父母有着千丝万缕的联系。十年前的事故，是意外还是阴谋？消失十年的千年古琴重现，所有的线索似乎已经串连到了一起……
我们所看到的，真的就是真相吗？

NO.3 大脑脱线的貌美王子

《我家王子美如画》 艾可乐

内容简介：
存在感微弱的“透明”少女苏苹果，
某天竟然从许愿樱花树下“挖”出了一名貌美如画的王子殿下！
哈哈，难道她从此撞上绝世大好运了吗？
不不，樱花王子只有颜值，智商严重“掉线”，“撩”妹不自知，送礼送心跳……
苹果都后悔答应帮他完成秘密任务了！
可狡猾如狐的路易王子，傲慢的贵族少女阿尼娜来势汹汹！
一名爱算计人心，一名对王子虎视眈眈，透明少女能勇敢逆袭，为她家的蠢萌王子抵挡住强敌吗？
奢华美色，暖心拥抱，满分微笑，浪漫甜吻——
让艾可乐带你玩转现代宫廷恋爱！

NO.4 神秘的独家饮品

《仙月屋果味不加糖》 巧乐吱

内容简介：
这里是仙月家，欢迎品尝特饮师的独家秘制饮品！
击败美少年的四季思慕雪，温暖又让人坚强的草莓阿法奇朵，比哥哥更让人安心的水果豆奶茶，还有充满爱和惊喜的欢乐彩虹，每一杯都有它们专属的故事！
校草东野寒热情无脑，天才南佑伦温柔似水，机灵少年西存纪天使脸蛋恶魔心，冷酷冰山北间鸣苦恼别人看不出自己的表情，双面特饮师具小仙莫名被拉入由他们组成的神秘事件调查队，只好隐藏身份，步步为营。
哥哥的下落不明，南佑伦的身世似乎有隐情，幕后黑手若隐若现，具小仙该如何在四大校草的包围中解开接踵而来的谜题？
真相永远只有一个，直击味蕾与心灵的甜蜜大战一触即发！

NO.5 清新治愈的超级大明星

《心跳薄荷之夏》 茶茶

内容简介：
长跑是慕小满的梦想，她失去了……
孤儿院是慕小满的充满回忆的地方，也快要消失了……
元气少女慕小满，为了获得拯救孤儿院的资金，忐忑地跟坏脾气的大明星时洛签下百万真人秀合约，却在接近时洛的过程中，在这个除了颜值什么都没有的大明星身上感受到被守护的感觉，慕小满慢慢沦陷。
可是，来自时洛的堂弟时澈莫名的追求和已经成为富家千金的昔日孤儿院好友的陷害，让慕小满和时洛的关系渐行渐远。而时洛背后，一个始料未及的来自最亲近的人的阴谋，正在慢慢浮现……

这是在这个夏日，献给你的一本魔法糖果书！
古老森林、精灵、薄荷社、神秘阁楼……
怪事多多，惊喜不断，让你的心脏震颤不已！
千寻依和千寻雪，时尚姐妹花，带你玩
转不一样的神奇校园！
超人气软萌少女茶茶，全新力作轻氧系浪漫梦幻故事
《精灵王子的时光舞步》
温馨治愈 +薄荷清新+奇异美少年
+感人友情+时尚华丽
白洛西，你一定是我的天使，不然怎么治好了我的眼泪？
我是属于森林的精灵，你在等我，我就不会消失。
当我们分开了，我会跳一支时光里的舞，它叫圆舞，失去的会再回来，错过的人会再相逢。
精灵王子的时光舞步
Elf Prince's Time Dancing
欢快能量俏皮少女VS古老精灵神秘美少年
演绎森系校园甜美浪漫故事

西小洛重磅推出
《关于未来，只有我们知道》
姊妹篇
未来·过去 现实·梦想
迷茫·无措 蜕变·自由
认识苏遇唯
是秦晔这一辈子最幸运的事情
如果等到你需要十年
我会等你无数个十年
直到等不了
关于过去，只有我们记得
西小洛／著
大揭秘：
文中将有《关于未来，只有我们知道》里的角色登场！
这个神秘人物究竟是谁呢？
请关注西小洛2017年新作
《关于过去，只有我们记得》
● ● ●

与岁月拥抱/同时光成长
越过时光拥抱你
YUEGUOSHIGUANGYONGBAONI
要以多大的勇气
才能越过时光的喧嚣
拥抱到宁静孤单的你
心灵治愈系
你终于将心中藏着的那些话告诉了她，那些百转千回，在心中已然酿成一壶烈酒的爱慕之意，原原本本，没有偏差地传达给了她。你紧张极了，手足无措。她低着头看着脚尖，时光呼啦啦在她身后倒退，仿佛回到了那年，你站在台上，她在台下，她出了糗，你忍不住低笑出声。
我是喜欢你的呀，她对你说。
要以多少的想念
才能穿越拥挤的人潮
找到迷失在风雨中的你
若长久是种无缘 那么初见就是奢侈
若最终我们能拥抱 又何惧时光飞逝
《越过时光拥抱你》
人山人海里，你不必记得我
但我会永远记得你
魅丽优品
Merry Product
奈奈

遗憾掩盖了无憾
现实冲破了理想
妥协战胜了斗争

我们唱着离别的歌，却不愿说再见

年少时的我，
一往情深却爱而不得。
少年时的你，
小心翼翼又字字锥心。

叶冰伦/作品

那些温暖的、冷硬的、
感动的、疼痛的、清浅的、
深刻的青春回忆，

那些整日吟唱的离别，
那些不愿说出口的再见，
是否飘散在时光中？

记录下一个没有坏人、没有血腥与杀戮，却是世界上最残酷的故事

一张通过时光隧道的车票
车上叫卖的是叫"回忆"的药
我心跳怦然地注视着窗外
车厢里满是思念的味道
轰隆隆
时光那头，是你带着柠檬香的微笑……
魅丽优品
Merry Product
宅小花 著
ZHAI XIAO HUA ZHU
重返花样初恋
RETURN TO THE FIRST LOVE
始发地
沙希子
SHAXIZI
目的地
安逸轩
ANYIXUAN
重返初恋号
上车时间：2017年5月20日 → 到达时间：2007年5月20日
车厢：心·动一等座
票价：520

幸福车票 终身有效

天生皮肤黑，名字还叫“白雪”，这难道是我的错吗？我也很绝望啊！

著 ZHU

铅球社冠军少女优白雪，因为一次乌龙中奖事件，

神奇地化身为“黑暗女主角”，

强势加入万众瞩目的真人秀节目“男神驾到”！

她是首位开幕式爬上香槟台的女嘉宾！

她是一脚踹穿豆腐渣工程的华丽少女！

她是严肃拒绝“钱规则”的无敌殿下！

谁说只有肤白貌美的女生才是真公主！

内容简介

一次意外中奖，优白雪成了万众瞩目“男神驾到”节目的女主角！

天生的贵公子原一琦，张扬耀眼的偶像明星纪星哲，天才学霸成臻，“二次元花美男”凌千影，这些遥不可及的男生，统统都是我的搭档？

谁说力气大不是优点？就让你们看看我——铅球社冠军少女的实力！

突然掉下的水晶灯，黑暗中幽闭恐惧症的阴影，诡异的《王子复仇记》剧本……

究竟是谁，在背后暗中观察？

这个夏天，爱的终极大考验，

《进击吧！白雪殿下》旋风来袭！

画风清奇不走寻常路，爆笑悬疑炸出真腹肌！

让你停不下来的高能精彩！